U0926375

你能上北大

姚贤 著

团结出版社

图书在版编目（CIP）数据

你能上北大 / 姚贤著. —北京 : 团结出版社,
2020.11

ISBN 978-7-5126-8394-5

Ⅰ. ①你… Ⅱ. ①姚… Ⅲ. ①散文集—中国—当代
Ⅳ. ①I267

中国版本图书馆CIP数据核字(2020)第213400号

出　版：团结出版社
（北京市东城区东皇城根南街84号　邮编：100006）
电　话：（010）65228880　65244790
网　址：http://www.tjpress.com
E-mail：zb65244790@vip.163.com
经　销：全国新华书店
印　刷：河北盛世彩捷印刷有限公司
装　订：河北盛世彩捷印刷有限公司

开　本：145mm × 210mm　32开
印　张：7.25
字　数：140千字
版　次：2020年11月　第1版
印　次：2020年11月　第1次印刷

书　号：978-7-5126-8394-5
定　价：59.00元

人人身上都有太阳，

关键在于如何点亮。

——苏格拉底

炼成学霸，

你也可以！

目 录

CONTENTS

篇一

学弱的苦恼

一　生而体弱　鼻血十年

我叫姚前，很多人叫我“摇钱树”。

2002年1月，我经历人生第一个挑战——降临人间，费了九牛二虎之力，持续2个多小时，脐带还绕着脖子。助产医生把我剖出来，我还没准备好，有点吓着了。印堂位置也许被擦到了，留下一条竖的红印。

从农村来到城市的妈妈，在怀孕期间，身心健康透支应该不小：实验室工作任务很重，计算机电磁辐射密集；爸爸长时间在省外出差，妈妈独自操持家务；同时还需参加自学考试，学习任务很重。

妈妈挺着大肚子，勤奋工作学习，让我还没出生就感受到了紧张。进一步影响是在我出生后母乳不足，催乳又无效，在能吃米糊、米饭之前，我以奶粉为主食。

为了能照顾到家庭，爸爸换了工作，省外出差减少，但更加紧张忙碌，经常加班、熬夜，有时候通宵达旦连轴转。妈妈在产假后回去上班，也恢复了工作、学习、生活上的紧张忙碌。

爷爷、奶奶专程从偏远农村赶来，帮忙带了我一段时间，但事有不谐，爷爷旧病严重复发，两位老人只好一起回农村去了。之后，我被托养在一位邻居家，我称呼她为“二楼奶奶”，爸妈每天上班前把我送去，下班后把我接回，直到我开始上幼儿园。

图1　曲院风荷｜幼儿园中班｜2006年7月8日

当时家附近没有幼儿园，我在一所大学幼儿园借读，离家有22公里，即使搭车往返，也需要1个半小时以上。每天像打仗一样赶，以防错过搭车时间，幸好这期间外公来帮忙，每天接送我。

我小时候体形较小、体质较弱。在读幼儿园小班时，体检发现眼睛弱视，被迫从小就戴眼镜，有时还要加眼罩，每天要盯着红光治疗仪照射，每次15分钟，坚持3年多……

更苦恼的是，我从幼儿园开始，经常流鼻血，还有慢性鼻炎。刚开始还能忍受，小学时开始变频繁，初中时变得非常严重。初中一年级开学典礼，学校安排我发言，在上台前突然大量流鼻血，把在场的老师都吓坏了。

有时候在睡着的时候流鼻血，把枕头、被子都染成大片血红。有时因为流鼻血，半夜醒来，很难止住，一张一张面巾纸上满是鼻血，装满一大垃圾篓；寒冬半夜，披着衣服坐在床上，折腾很久止不住血，也会把爸妈吵醒，起床帮我冷敷。

再后来，流鼻血更加频繁，每晚临睡前，都得准备湿毛巾、面巾纸，整夜开着增湿器，随时准备起床，跟鼻血“战斗”，搞得身心疲惫、狼狈不堪……

图2　小学毕业典礼｜六年级｜2014年7月15日

企者不立，跨者不行。

——老子

二　努力改善　四处求医

流鼻血这么严重，当然会去求医。与多数同学类似，先找西医治疗，到儿童医院，挂号耳鼻喉科。时间久远，当初的就诊病历，绝大多数找不到了，只留下零星的几页。

2006年9月23日，这天的病历记录显示：“左鼻腔流血，尤在夜间为多。”那时我才4岁，流鼻血已较频繁，被迫就医。化验、CT等均查不出原因，医生开了口服药，但吃药没有起到效果。

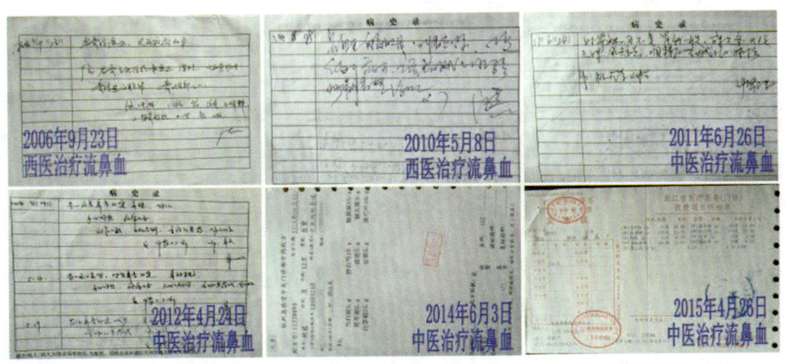

图3　流鼻血病历摘录｜2006—2015年

换其他医院看，也没啥改变。根据医生建议，每天喷生理盐水，喷了很长时间，也没起到好的效果。还有晚上睡觉前，涂红霉素眼膏，直把鼻腔涂得溃烂，也没能阻止经常流鼻血。

用大医院的方法，一直没能治好。医生没其他办法时，建议做激光手术。爸爸不同意。开始试土方、偏方。例如，将大蒜头捣碎，把蒜泥敷在脚底心，用保鲜膜裹着，直至发辣，连着试过很多天。

病急乱投医。舅舅听人说，在偏僻乡下，有个专门治鼻子的。我们专程赶去。这个所谓“医生”，不查看病历，不做任何检查，将多种药剂混在一起，注射加涂抹。至于是什么药，“医生”语焉不详，感觉使用的是禁用药。

西医久治无效，转投中医，到某老字号名医馆。2010年5月8日：鼻衄反复发作，心情急躁……，开中药七贴；2011年6月26日：时鼻衄，量不多，胃纳一般，寐欠安……，开中药七贴；2012年4月24日：反复鼻塞打嚏鼻衄，咽红，手心均热，夜寐欠安，纳食一般……连续服用1个多月中药。这两年的中药调理下来，症状虽略有缓解，但很快复发了。

随后两年，流鼻血越来越厉害。这期间，爸爸旧病复发，服用西药1年半，不仅没有好转，反而更加严重，医生说必须终身服药。爸爸迫不得已，开始寻访中医高人，寻访到一位全国顶尖的中医大夫。

2014年5月13日，大夫给我把脉开方。第1周7帖中药，效果很明显；随后三周，继续每周7帖，改善明显。1个月时间，基本没流鼻血，停止了用药。

爸爸非常高兴，说找到了神医，在朋友圈传颂。小学语文冯老师加评论说：“快点好，6年了。”但半年后，爸爸的情绪又跌到谷底——因为我的鼻血又来了。

2014年11月下旬，初一年级有一个安排：学生与家长互致一封信，封装起来交给班主任保存，在初三毕业时发还。我写给爸妈的信，近半篇幅在说鼻血，内容如下：

“我出鼻血的毛病一直没好过。妈妈非常担心，每天给我的房间开加湿器，每天半夜都来换水，让妈妈几乎没睡过一夜的安稳觉。外婆也十分担心：找偏方，拔茅草根，找得晚上睡不（着）觉，拔得手都起了泡。还有爸爸也很担心，平时禁止我吃零食，不准我喝果汁……”

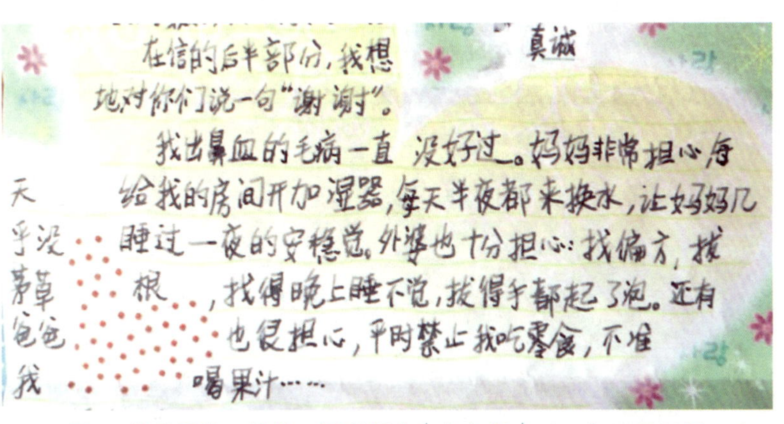

在信的后半部分，我想真诚地对你们说一句“谢谢”。

我出鼻血的毛病一直没好过。妈妈非常担心，每天给我的房间开加湿器，每天半夜都来换水，让妈妈几乎没睡过一夜的安稳觉。外婆也十分担心：找偏方，拔茅草根，找得晚上睡不觉，拔得手都起了泡。还有爸爸也很担心，平时禁止我吃零食，不准我喝果汁……

图4　给爸妈的一封信　后半部分｜七年级｜2014年11月20日

知不知，尚矣；不知知，病也。

——老子

三　求学之路　连遭淘汰

相比较弱的身体，我的学习还算凑合，但与学霸相比，差距仍很大，升学路上连遭淘汰，不受待见。

先说说幼儿园升小学，那是2008年。

爸妈都是从农村进的城，家里经济状况一般。在我读幼儿园中班时，我家搬到新开发区，住处由农民房拆建而成，地理位置较偏，远离热门学区；我没啥突出表现，爸妈也不愿意四处求人，所以没机会进热门学校。

家附近只有一所公办社区小学，规模很小，创立才2年，大部分学长是农民子弟。爸妈先带我到另一所学校报名，这所学校当时属于国有民办性质，离我家8公里，算不上有多好，与城区热门学校没法比，但比公办社区小学有吸引力，入学需参加选拔考试。

选拔考试结束后，爸妈问我考得怎么样，我一脸茫然，不知道考了些什么。好像有个环节，在等待考试时，电视屏幕上播放了一些东西，过会儿考官进来问，电视里播放了什么。我根本没注意，就这样稀里糊涂被淘汰了。

人生首次升学考试，我就失败了。很伤心，很无助。爸妈没有埋怨我，但我能感受到爸妈很失望。妈妈躲在家里流泪，悄悄对爸爸说："叫得上名字的同学，全都录取了，只有我们儿子被淘汰，伤心……"

其他学校都不要我，只能上公办社区小学——彩虹城小学。幸运的是，老师们很有爱心、非常敬业，同学们也都很好。在彩虹城小学，我感到很温暖，学习有进步，也不是应付自如，各学期成绩报告单上，有这样的评语：

"你有那么多优点，但缺点也不少哦。上课时容易走神，做题时不够细心。"

"老师发现你作业没有上学期细心，口算成绩在退步，对做奥数不能持之以恒，做事自觉性不高，需要老师和父母的催促。"

"知道吗？期末考试，老师费尽口舌，才让你的作文部分从'合格'变成'优秀'，那知道该做些什么了吗？"

"粗心大意，往往与成功失之交臂。"

"计算错误太多，要仔细些。"

……

再说说小学升初中，那是2014年。当年小学升初中的招生顺序是：推荐外国语学校、民办初中电脑派位、民办初中自主招生、公办初中录取。

热门的外国语学校，我们小学只有1个推荐名额。在校内选拔考试环节，我就被淘汰了。

这时已是4月，爸爸帮我精心准备了一份简历，厚厚的、彩色的装订，罗列了奖状、证书、成绩单等，去一所民办初中投递，小心翼翼地，略带着卑微。工作人员面无表情地收下材料，没有回音。

我接着参加这所学校的电脑派位，名落孙山。在自主招生网上报名环节我就预感到不妙，因为关键加分项为“是否区三好学生”“是否全优生”，我都只能填“否”。面谈采取多对多的形式。如果被录取，当天就会有短信通知，很多人幸运地收到了，而我没有。

人生第二次升学考试，我又失败了。好几名同班同学被民办初中录取，而我又被淘汰，有点伤心，有点失望。

爸妈仍然没有埋怨我，也没有怨天尤人，而是安慰我：没选上就算了，不用太在意，还可以上公办呢；公办的离家近，不住校，天天能回家；又免学费，省下的钱可以自己买书看。

就这样，我进了公办初中——高新实验学校。学校创办才2年，校园是新的，教室是新的，教学设备是新的，大多数老师也是新的。

唯之与呵，相去几何？
美之与恶，相去若何？

——老子

四　升学告急　强身健体

从小学一年级开始，体育就让我抓狂。三年级的体育评语为：“加强实心球练习”。老师或许不知道，我每天晚上都练，已经练了很久，但就是扔不远。

图5　学轮滑、学游泳、练羽毛球

四年级的体育勉强得到“合格”。班主任傅老师评语是：“体育是你的弱项，实心球经过努力终于达到合格，50米你已经竭尽全力，体育老师说其实你的体育还有很大的进步空间，只是你对自己信心不足。明年的项目是跳绳、400米、实心球，希望你现在就练起来。”

其实，几乎每个晚上，我都在家练，跳绳、踢毽子或扔实心球。跳绳从每晚300个、400个、500个到600个，咬着牙坚持。苦练几年，体育仍是弱项。

初一、初二的体育，都是老师格外开恩，勉强评到“合格”。班主任评语是：“瘦弱的你，一定要加强体育锻炼，这样才能驱赶（改善）你虚寒的体质！”

班主任反复叮嘱，我自己也每天刻苦练习，但是引体向上、扔实心球、跳远、跑步，这几样我都不行。刚开始练引体向上，我想跳起来抓杠，手指戳到杠的下方，受伤了；再后面能跳起来抓到杠，但抓不住；拉1个算1分，我拉不上去，只能是0分。

大家知道：中考升学，“提高一分，干掉千人”。我们这一届，在中考总分里，体育独占30分！

而且，在我们学校，参加保送推荐，体育影响权重还要大很多，因为保送推荐的计分规则是：

1.“三年内所有考查科目总评成绩合格”是获取推荐资格的必备条件之一；

2. 体育中考获30分者得5分，获29分得3分，获28分得2分，获27分得1分，获26分及以下不得分。

也就是说，初中三年，体育成绩只要出现过不合格，就一票否决，连参加推荐的资格都没有。入围的，体育没达到27分（百分制为90分），也只能计0分。

以我当时的情况，极有可能被一票否决，即使侥幸未被一票否决，体育也只能计为0分，将严重拉低排名位次。

2016年6月14日，距离体育中考不到9个月了，学校召开中考动员会，全年级家长参加。

会后，班主任林老师约谈我爸妈，郑重提醒：体育太差，升学告急！

【拾趣】

三年级作文:《成功的滋味》

在我的一次次成功的经历中，给我留下深刻印象的，不是我会包饺子，也不是学会滑雪，而是最近我实心球的第一次考核。

这可是我渴望已久的第一次实心球合格呀！

那一刻是这样的：我叉开腿，拿起球，往头上一放，手一弯，再使劲一扔，手肘一甩，腿使劲一跳，竭尽全力扔了出去。那用了我九牛二虎之力的一球，总算合了格，我一蹦三尺高，“欢庆”着。

合格当然离不开正确的方法和刻苦的训练。我知道方法：用手腕的力，不能超线，不能在扔之前动前腿，要跳起来扔。有了方法，还有训练：我大多数每天都用力扔几次，有些天要扔更多更近合格才肯罢休。

经过这次成功，我明白了：不经历风雨就不会有彩虹。

（2011年6月15日）

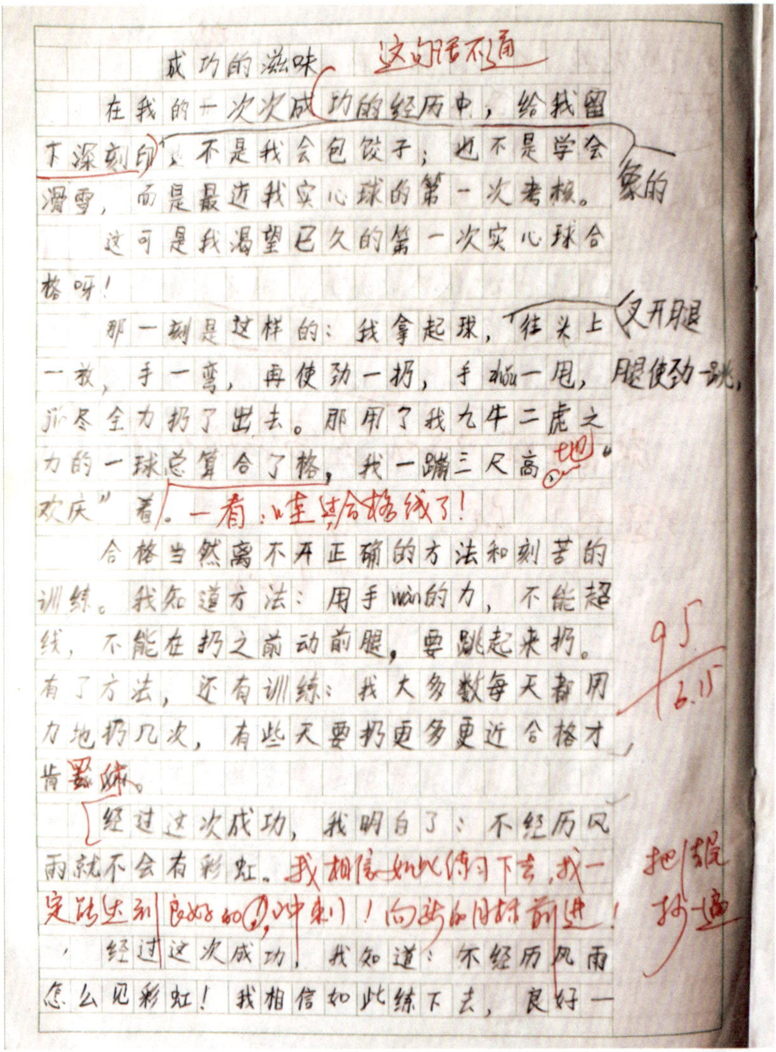

成功的滋味

在我的一次次成功的经历中，给我留下深刻印象的不是我会包饺子；也不是学会滑雪，而是最近我实心球的第一次考核。

这可是我渴望已久的第一次实心球合格呀！

那一刻是这样的：我拿起球，往头上一放，手一弯，再使劲一扔，手臂一甩，用尽全力扔了出去。那用了我九牛二虎之力的一球总算合了格，我一蹦三尺高，“欢庆”着。

合格当然离不开正确的方法和刻苦的训练。我知道方法：用手wàn的力，不能超线，不能在扔之前动前腿，要跳起来扔。有了方法，还有训练：我大多数每天都用力地扔几次，有些天要扔更多更远合格才肯罢休。

经过这次成功，我明白了：不经历风雨就不会有彩虹。

经过这次成功，我知道：不经历风雨怎么见彩虹！我相信如此练下去，良好一

图6　为了及格，拼力苦练｜三年级｜2011年6月15日

宠辱若惊，

贵大患若身。

——老子

五　不甘人后　坚定决心

2016年6月14日，被班主任重点警示后，我们忧心重重，召开家庭会议，讨论怎么办。最容易想到的是课外强化培训。

一掷万金只为中考体育涨2分？2015年，《劳动报》有篇报道说："培训机构推出中考体育专项培训班，名师名教一对一授课叫价高达每小时600元，其中不乏家长掷下近万元。"家长认为"这时候再突击补语数外，不一定会有提升效果。但把钱投在比较薄弱的体育项目上，肯定能见效。"

训练班能"训"出好身体？2016年，《人民日报》有文章警告："打着'短期内迅速提高体测成绩'招牌的'体育训练班'日益火爆。'临时抱佛脚'的训练，或许能让学生在测试中取得一个满意的成绩，增加进入重点中学的砝码，但很难'训'出运动技能、'练'不出身体素质。"

是否参加突击培训，对我而言没有多少选择余地。我当时体形瘦小、体质较弱，还有慢性鼻炎和顽固性鼻血。校内常规体育训练，已经难以承受，更加承受不了突击恶补。如果强行恶补，透支伤身，风险很大。

妈妈尝试着问我，要不要托人开个“证明”。如果有体育免考证明，预计能捞到21分。

我不愿意这么做，毕竟不符合免考条件。另外我还想，虽说距离考试不足9个月，但毕竟还有将近9个月，我不想用这种方式投降。大家都说没办法，难道真的没有任何办法了吗？

爸妈听到我的想法，很诧异，也很激动。爸爸说：“太好了，儿子，爸妈为你骄傲！诚实比分数更重要，如果投机取巧开假证明，会有心理阴影，也会留下污点。我们儿子不需要假证明，最后就算还是0分，我们也认了。我们相信你的体育会变好的！办法总比困难多，我们一起想办法，想堂堂正正的办法。”

【拾趣】

八年级下 征文：《床，不做亏心事》

床，那张温暖的床，你给了我一份安宁，却从未向我索取。

你不但给了我优质的睡眠、充足的体力，还给我了许多。

我的心情经常不好，但是每当我躺在床上时，每当我用力敲打着你——我可怜的床的时候，我的心情就又好了起来。

但是有时，我敲打得太重了，我又会独自后悔，没有好好地对你。我的那些敲打是多么地无情。虽然我想着一定要好好待你，但是我有时总控制不好自己，让你受苦。

但我永远不会忘记，是你让我从学习的苦海中逃离，是你让我有了那一丝放松。我经常休息的那处地方已经磨得平滑，油漆也越来越亮，每当我看见光滑发亮的这一块地方，我的身上就没有了紧张。

我还会记得你让背书和阅读变得不同，只要坐在你身上，我的大脑就立刻平静，不再充满平日里的喧嚣，而是沉下了心来，阅读，背书，让自己有了那么一点文学风范。若是说我现在的语文还有那么一点点出色，那就得全部归功于这张床了。

我猜我的床没有一种超能力，让我的背书，能够更加轻松，但是能确定的是，你让我的身体得以舒适，因此我的身体，就这么没有了感觉，我的全部大脑，就用在了书上。

但是当我做了一件坏事，对同学做了恶作剧，睡到了床上却不会得到丝毫安慰，你给我的只有更痛苦的自责。那天晚上，我在床上睡不着，只有无谓地翻来覆去，我不知道你为什么突然变得这样，直到第二天我去道了歉之后才睡了好觉。我当时不理解，但是不久以后我就明白了你的良苦用心。

床，你给了我许多，但你从未问我要什么。

我想对你说一声谢谢，但你却什么也不回应，也许是你不会说谢谢，但是我相信，你那是付出不求回报。我会永远感恩你。我还有一种想法，认为这感谢他人的恩也是你教我的。

时光逝去，但我的床却没有改变，我宁愿相信，你能永恒。我们的床都不可能消失，除非我们失去了我们内心最宝贵的东西。

“不做亏心事，不怕鬼敲门”，恐怕做了亏心事，也用不着鬼敲门，床自会把你折磨得生不如死。至于那些没良心的，床也无可奈何之时，那人也无可救药了吧。

床不仅为我们提供休息空间，还为我们指明了方向。我不知道，你拉起多少刚刚坠入悬崖的心，也不知道你到底为我们付出了多少。

所以尽管我知道你不会回应我，但我还是要谢谢你，我的床。

(2016年4月10日)

知人者智，自知者明。
胜人者有力，自胜者强。

——老子

篇二

努力地探索

一　面对短板　迎头而上

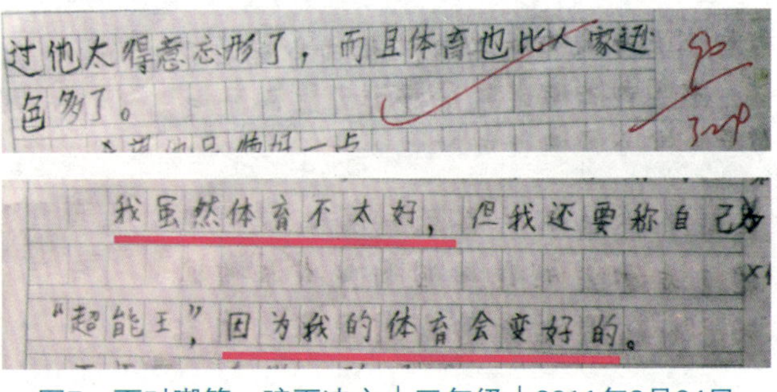
过他太得意忘形了，而且体育也比人家逊色多了。

我虽然体育不太好，但我还要称自己“超能王”，因为我的体育会变好的。

图7　面对嘲笑，暗下决心｜三年级｜2011年3月24日

在体质、体育方面，我一直被嘲笑。小学三年级的时候，还有同学在作文里嘲笑我：“体育也比人家逊色多了。”

我专门写作文回应：“我虽然体育不太好，但……我的体育会变好的。”没错，6个月前，我还不会玩悠悠球，也被人嘲笑，但是我没有放弃，暗暗下决心，仔细观察思考，反复练习后，不仅不比别人差，还玩出几个小花样。

那时我已明白：有些事看起来难，做起来简单，而有些事看

起来简单，做起来却难；所有事都不能只看外表，一定要自己动手试一试才能找到答案。

【拾趣】

三年级作文:《悠悠球》

这个精彩的长假里，妈妈说我表现好，奖励我一个“冲天礼物”，“冲天礼物”是什么呢？这引起了我的好奇，好期待哦！会是什么呢？

一天，妈妈拿出一个盒子，说“冲天礼物”就在里面。我兴高采烈地打开了盒子，原来是一个悠悠球。这个蓝色的悠悠球小巧而精致，很是惹人喜爱。它由一根轴将两片塑料小飞盘连接起来，轴上系了一根细绳，我们就是把细绳绕在轴上，拉住细绳，悠悠球就会上下摆动，不停运动起来。我想：我还不会玩悠悠球，可不要在大家面前丢人哦。

我看到其他几个小朋友都玩得很熟练，悠悠球就像长在他们手上，一会儿上提，一会儿下降，可灵活了。我暗暗下决心，我一定能像他们一样玩得很溜。我赶紧拿出悠悠球上下摆动，可是令我失望的是悠悠球怎么也不听我的使唤，落下去就停住不肯上来。我仔细观察别人的动作，原来手拉绳的动作要轻柔，有节奏，不能忽快忽慢，忽重忽轻。我小声嘀咕：“我多练几次，就不信玩不好。”

功夫不负有心人。我练了一会儿，悠悠球渐渐地变得像个听话的孩子，能按我的控制上下摆动了。后来，我还学会了玩几个小花样呢。如果你有什么玩悠悠球的问题，就来问我吧。

从这件事里，我明白了一个道理：有些事看起来难，做起来简单，而有些事看起来简单，做起来却难；所有事都不能只看外表，一定要自己动手试一试才能找到答案。

（2010年10月14日）

悠悠球

301班　姚前

这个精彩的长假里，妈妈说我表现好，奖励我一个“冲天礼物”，“冲天礼物”是什么呢？这引起了我的好奇，好期待哦！会是什么呢？

一天，妈妈拿出一个盒子，说“冲天礼物”就在里面。我兴高采烈地打开了盒子，原来是一个悠悠球。这个蓝色悠悠球小巧而精致，很是惹人喜爱。它由一根轴将两片塑料小飞盘连接起来，轴上系了一根细绳，我们就是把细绳绕在轴上，拉住细绳，悠悠球就会上下摆动，不停运动起来。我想：我还不会玩悠悠球，可不要在大家面前丢人哦。

我看到其他几个小朋友都玩得很熟练，悠悠球就像长在他们手上，一会儿上提，一会儿下降，可灵活了。我暗暗下决心，我一定能像他们一样玩得很溜。我赶紧拿出悠悠球上下摆动，可是令我失望的是悠悠球怎么也不听我的使唤，落下去就停住不肯上来。我仔细观察别人的动作，原来手拉绳的动作要轻柔，有节奏，不能忽快忽慢，忽重忽轻。我小声嘀咕：“我多练几次，就不信玩不好。”

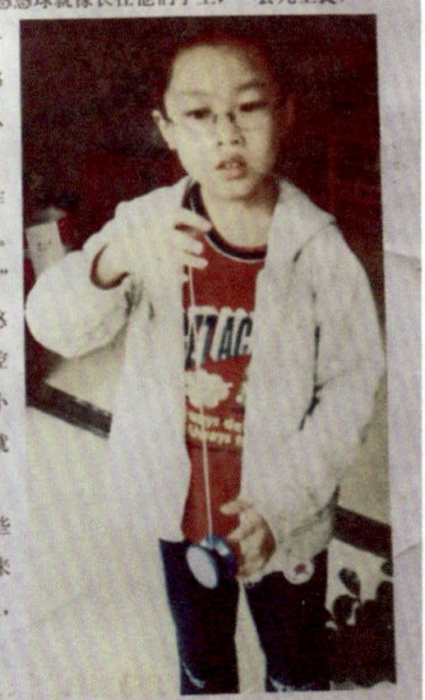

功夫不负有心人。我练了一会儿，悠悠球渐渐地变得像个听话的孩子，能按我的控制上下摆动了。后来，我还学会了玩几个小花样呢。如果你有什么玩悠悠球的问题，就来问我吧。

从这件事里，我明白了一个道理：有些事看起来难，做起来简单，而有些事看起来简单，做起来却难；所有事都不能只看外表，一定要自己动手试一试才能找到答案。

图8　自己动手，试试才知｜三年级｜2010年10月14日

【拾趣】

八年级暑假 作文：《从未抛弃——读〈简·爱〉有感》

我们不曾抛弃世界，世界也不会抛弃我们。

罗切斯特先生，那位一直被抛弃却未放弃的男主角，最为我欣赏。他犯下了许多错误，虽然犯错并不只是他的原因。他一直被抛弃，虽然被抛弃不只是他的过错。但他承担了这一切，没有抛弃任何一个人。最终他也拥有了自己的那一份幸福。

他最大的错，也是他最大的可怜，就是影响了他无数次的妻子。他生长在上层社会，年轻时就因父兄的贪婪和自己单纯无知，娶了一位他接触并不太多的妻子，而这位妻子并不让他喜欢。但这些他都默默忍受，尽管毫无感情，但他努力与妻子搞好关系，支持自己的家庭。

可是很明显事情没有这么简单，他的妻子精神失常，很快疯了，这条生命不再拥有理智，“妻子”一词也该淡去，但是他仍留下了这条只会带来苦难的生命，雇人照顾不再有人性的怪物。一个人形怪物也并没有被他抛弃。他没有恶意，从未抛弃，冒着自己的生命危险也要救这个已经不是人的生物。

对每一个生灵心怀慈悲，不放弃任何一条生命，一定能使人得到超脱。这样的博爱，我们不一定能做到，但是我们可以努力靠近，身边的小动物不要伤害，树叶也不要乱摘。不抛弃身边的一切，也就等于不抛弃自己，因为只有那些无所寄托、浑浑噩噩的人们，才会残害生灵来让自己的心麻木吧。

罗切斯特也是凡人，也会伤心，妻子疯了之后他曾周游欧洲，并且找到了情妇。但情妇就是天空中的云啊，美丽却易消逝。他很快与情妇分离，并被要求养育不属于他的孩子阿德拉。他并没有因无血缘关系让小阿德拉受苦，而是把她当作自己的孩子养育。

他不抛弃身边的人，不仅是亲人，只要是受苦的人，他就献出自己的爱，尽自己的全力。这样的不抛弃也使世界没有抛弃他，为他送来了简·爱，也就给他带来了永恒的幸福。

这些犯下的错误已经不再是错，挽回损失，付出真心，不抛弃每一个人和每件事，那些错也可以有好的结果。

他人可能会抛弃我们，但是只要我们不放弃，只要付出了自己的心，即使被抛弃也不会失败。罗切斯特是这样，简虽然离他而去，但他没有放弃生活，即使被烧成残疾，他仍有和简一起活下去的信念，也因此，他找到了幸福，也与简终成眷属。

就算被抛弃，也需要坚强。就算被伤害，也请不要抛弃。

(2016年夏)

天下之难事，必作于易；

天下之大事，必作于细。

——老子

二　自己动手　有吃有喝

图9　自己动手，有吃有喝｜学前班起｜2005年5月31日起

我从小愿意自己动手。你看照片中，幼儿园学前班的我，对自己的手工作品很满意。上小学时已经会做饭，有的假期，每隔

一天就做一次饭。摘草莓、摘枇杷、采桑椹、采蕨菜、拔甘蔗等，那就更乐意做了。幼儿园大班那年情人节，我在西湖边卖玫瑰，9.9元一朵，很受欢迎，好几对情侣买了，如果不是管理员叔叔来劝止，那天我会赚不少钱。

图10 随兴创作，自得其乐｜小学阶段｜2008年起

在上小学期间，我还经常创作一些东西、玩一些花样，枕席变盔甲、皮球变宝塔，都能随兴而至；有一段时间，着迷做多面体，做了很多种，装满抽屉，有时带到学校去卖，还接受同学来订做。种豆子、养些花花草草，照料它们，拍照记录它们的成长，也让我陶醉其中。

图11　创客活动，跨界穿梭｜初中阶段｜2014年起

我读的初中——高新实验学校，科技创新是一大特色。初一暑假刚开始，就有老师“忽悠”我参加应用开发，我编了一个教育小游戏，名叫“法治地球”。

游戏背景是地球被黑球进攻，我们要用四种属性的英雄来攻击这些敌人，保护我们的地球。但资源有限，只有回答了题目才能得到更多的资源来供英雄们使用。

自述特色在于：拥有很好的游戏性，可以很好地放松大家的心情并且也能让大家收获知识。其中攻击范围的设计十分巧妙，是亮点之一。

我以这个项目报名参加我们市2015年中小学生科技节信息学竞赛，第一次编程，缺少经验，游戏规则、程序逻辑搞得太复杂，做到后面收不了场，没能入围。第一次参加科技比赛，铩羽而归，有一段时间，闭口不谈参赛的事。

受挫归受挫，我仍然乐意自己动手，课外经常参加创客活动，智能小车、机器人、物联网、3D打印、语音识别、精油制作、头脑风暴等，不管有用还是没用，不管听不听得懂，都乐意去尝试。

七年级的日记中也写道："有一些自主创新""在起跑线上，每个人都是平等的，不同的只有一个——对这个工作的态度"。一年多后，也渐渐开始收获奖项了。

【拾趣】

七年级日记：《第一次编程》

今天是意义重大的一天。

程老师抽出时间为我们辅导，为我们讲解编程。我们用的是App Inventor软件，虽然这个工作很简单，但我们还是遇到了不少问题，老师总是以幽默风趣的语言来解答我们一个又一个的问题。

我回家用了不少时间来练习，所以进度比较快，也就开始帮其他的同学一起做软件。一位同学刚刚开始做就出了问题，于是我赶紧跑到他身边，帮他分析了问题，也让他明白了解决的方法。还有一位同学打不开软件，我帮他打开，他似乎明白了些什么，长叹一声："哦！"

我也会有问题。每当我做错时，老师总会耐心纠正我的错误，让我能够做得更好，他还让我有一些自主创新，不要只照着教程做。

在编程这个起跑线上，每个人都是平等的，不同的只有一个：对这个工作的态度。

(2015年7月6日)

合抱之木，生于毫末；

九层之台，起于累土；

千里之行，始于足下。

——老子

三　经典智慧　潜移默化

图12　优秀传统，经典智慧｜2011年起

小学语文冯老师常常提醒我，要多看经典名著、散文等感性的书；初中语文林老师看到我主动读国学、哲学、历史方面的书，

对我大加赞扬。

塞翁失马，焉知非福？幼升小、小升初，我都被淘汰，只能进公办的社区学校。这两所公办学校，在我刚入学时，创立都才2年，不以考分为唯一评判标准，排名、重点率等压力稍小些，有一些自由支配的时间，学校和班级也常搞些趣味活动，包括弘扬中华优秀传统文化。

我从小学3年级起，参加了好几届“走进经典，弘扬美德”活动，穿传统服装出场，有时戏份还比较足，4、5年级还参加过学校的经典诗文知识竞赛。

初中一年级迎新年晚会上，我们班主题表演“四君子”——梅、兰、竹、菊。其中，我饰演“竹”，我喜欢劲节挺拔的竹。学校里有国学馆、茶社。我有一套学生汉服，在好几个场合秀过。

春联是中华民族特有的传统文化，集民俗文化、吉祥寓意、文学创作和书法艺术于一体，具有广泛的群众基础和社会影响。春联阴阳平衡、对仗工整、音韵协调、意味深长。7年级偶然有机会在美术馆亲近春联，并作社会实践报告。

图13 写春联，牵春联，悟春联

在参观“羊大为美”乙未春联展之前，我压根不知道，我与春联之间有很深的缘分。

我的爷爷，生前是穷苦的农民，却擅长用大毛笔写春联。爸爸小时候的学杂费，部分来自卖春联的贴补。

写春联，特别是写大春联，需要用浓墨，纸要牵平放稳，以防墨汁乱流乱滴。20世纪80年代的腊月，爷爷在八仙桌上写春联，天寒地冻，没有空调，没有暖炉，夜以继日。那时，爸爸负责牵春联、摆放春联，全程站立。

饥寒交迫中，长时间写春联、牵春联，很枯燥、很艰辛，那时爷爷和爸爸手上也冻出很多冻疮，但家里太穷，不管喜不喜欢，毕竟是种田之外的一份贴补，需要每年认真去做。

多年以后，爸爸练太极拳，进步速度超常。有人问爸爸小时候有没有练过功，爸爸一开始自然回答没有。有次回老家，看到门上残留着爷爷写的春联，突然顿悟：练过童子功啊——牵春联就是练功呀！

处处留心皆学问，爸爸细细讲解给我听：

“牵春联，需要站端正、站平稳，如果站歪了，容易累，时间站不长；如果站不平稳，身体晃或抖，影响纸的稳定。

“手要轻柔，要不偏不倚、恰到好处，要带一点劲，又不能太用力。劲不足，则纸不平，纸不平，则写不好；力太大，字还没写完，纸就被牵动了。

“牵引的路线要正直、要均匀。春联纸很长，如果纸被牵歪了，字也容易写歪，如果牵引的位移忽大忽小，落笔的位置也会有偏差，影响整体布局，左右也不对称。

“要身心放松、静气凝神、持续专注。如果身心不放松，前面说的要领，时间一长就会走样；如果不能静气凝神，会干扰写的人；如果不持续专注，该牵动时没及时牵动，会破坏写的节奏，降低写的效率。”

书法与太极相通，书法中的提按、快慢、轻重、缓急、圆方、浓淡等都蕴含着太极阴阳之道。书法美不美，先要看字体正不正，也即太极的“中正安舒”；假如歪了，还要看有没有斜中求直，也即“隅中寓正”，比如一撇往这边了，另一边如果有一点还可以把重心拉回来。

春联以对仗工整、简洁精巧的文字描绘美好形象，抒发美好愿望，传递美好祝福，表达个人志向，弘扬社会正气。沉心静气、专注地看春联，也是练功，是一种潜移默化的品德熏陶。

爷爷不了解太极拳，但爷爷写春联时，让爸爸日复一日，年复一年地牵春联，爸爸在不知不觉间就练了童子功，太极阴阳思维、美好善良的文字也烙印在脑海里。

细细琢磨才明白，爸爸的太极拳启蒙老师，竟然是没练过太极拳的爷爷！

爸爸、妈妈每天都练太极拳。这门家传的功夫，我原本没有兴趣学，爸妈也没逼我学。由于“体育拦路、升学告急”，我不想轻易投降，爸妈顺势提议练太极拳，暂时没有更好的办法，我也只好“姑且一试”。

图14　传承经典，学练太极｜初二起｜2016年6月起

不言之教，无为之益，天下希及之。

——老子

【拾趣】

春联文化探源

春联，是一种独特的文学形式与节庆习俗，以工整、对偶、简洁、精巧的文字描绘时代背景、抒发美好愿望，与“太极生两仪”在思维本质上相通。

太极，指我们整个世界乃至宇宙的发展过程和状态。两仪指阴阳，是相互对立、相互转化，进而可以统一的现象或状态。太极、阴阳，是中华民族哲学思想和文化的根源。

“易有太极，是生两仪。”《易经》中的卦象符号，即由阴阳两爻组成,《易传》称：“一阴一阳之谓道。”老子说：“道生一,一生二,二生三,三生万物”“万物负阴而抱阳，冲气以为和”；荀子说：“天地合而万物生，阴阳合而变化起。”《黄老帛书》谓：“天地之道，有左有右，有阴有阳。”

《易传》中，分别以各种具体事物象征阴阳二爻。阴代表坤、地、女、妇、子、臣、腹、下、北、风、水、泽、花、黑白、柔顺等；与此相对应，阳则代表乾、天、男、夫、父、君、首、上、南、雷、火、山、果、赤黄、刚健等。

我们日用而不知的一些词：动静、虚实、刚柔、开合、进退、方圆、起落、快慢、轻重、先后、左右、上下、大小、里外、远近、顺逆、往复、运动、舍得、智慧、好歹、善恶、生死……都包含了阴阳“对立统一”关系。

这种无所不在的太极阴阳观念，已深入中华民族的潜意识之中。前人有诗云：“阴阳无始亦无终，往来屈伸寓化功；此中消息真参透，太极只在一环中。”

有无相生，难易相成，长短相形，
高下相倾，音声相和，前后相随。

——老子

【拾趣】

八年级下 游记：《竹博园之游》

图15　安吉问竹，竹博园游｜八年级｜2016年2月11日

竹在中国是有气节的象征。为了了解这位“四君子”之一，我也顺路到了安吉的竹博园游玩。

我对安吉的第一印象就是绿：满山的竹子连绵起伏。一座座山峰，似海中的岛屿，而不论岛屿还是海洋，都被连绵的绿竹覆盖。

但那绿是静的，给人庄严的美。每当风吹过，一些竹子会摇摆起它们的身躯，但风并不能摇起大多数的竹子，所以那片林，仍是静的。

竹是种植物，包括了很多很多形态各异，内在不同的竹。它们生活的环境，开的花，结的种子也各种各样。我也被这似相同，可又有千差万别的竹所吸引。

最常见的，就是那一天长一米的毛竹了。绿化带中的，我们餐桌上的，许多都是这种生命力强大，生长快速的竹子。它的竹笋也像它的成年体一样粗壮，这也就让毛竹笋被端上餐桌。

毛竹笋虽会有股植物汁液的味道，但是它就像四大家鱼一样，虽有腥味但是仍被喜爱。人们喜爱它的价格低廉和鲜嫩的口感。

毛竹也十分有智慧：他们之所以生长快，是因为他们有竹节这一构造，生长时每个竹节都各自伸长。这就像我们的班集体，只有每一个部分都充分得到了伸长，这整个班集体才能够更加团结，更加强大。

竹子还有的一个独门秘籍就是让自己的内部变空。你可能说这只是为了节省材料，让竹子生长更快。但是这不仅是为了节省材料而不降低自身强度，还是为了能够减轻重量，让整棵竹子变轻，这样负担也就相应变小了。

可是不管植物生长多快，草食动物都是植物繁衍的杀手，所以它们给叶片装备上了锯齿，也抽走叶片汁液。很少有草食动物会去吃这些又容易划伤自己，又没什么营养的竹叶。

再加上它们地下的根鞭四处横冲直撞，四处发出嫩芽。草食动物就无法对竹子造成实质的危害了。

我们也应该学习这种智慧，防人之心不可无：一是低调，不让敌人看出自己身上有利可图，就像抽走叶片的汁液；二是做好防御，不让敌人有机可乘。

当然啦，人类可以轻松破坏掉竹子的一切防范，把他们尚未武装的竹笋挖出来吃。而最鲜美的雷竹笋就遭了殃。

但是雷竹有着崇高的奉献精神，情愿与其他人分享自己的心血，奉献出自己最鲜美的部分。现在市场上的笋，也有许多雷竹笋，它们虽个头不大，但因雷竹们的辛勤付出而拥有了令人难以忘怀的美味。我们也该像雷竹一样奉献，有了奉献才会有收获。

竹子们辛苦建造的外壳和支柱无法抵抗锯子、斧子。于是成竹也面临着来自人的威胁。但是人和自然会慢慢协调，共同发展。

人们慢慢知道了竹子何时材质最好，何时开始衰老。就在这材质又好又刚开始衰老之时砍下竹子，这也为新的竹笋让出了一份生长空间。

人们得到了坚硬的竹材，而竹林也得以焕发新的生机。其实一切事物都可以这样实现双赢。

这位“四君子”之一的身上有太多可供我们学习的东西。

(2016年2月21日)

题画竹

（清・戴熙）

雨后龙孙长，风前凤尾摇。

心虚根柢固，指日定干霄。

四　航天梦想　种在心田

图16　飞天壮歌，太空漫步｜二年级｜2010年1月9日

2010年1月9日，我读小学2年级那年，爸妈花135元钱买门票，带我参观“飞天壮歌——中国首次太空漫步航天展”。

航天展上，最醒目的，是太空舱外航天服，价值3000多万元，重约120公斤，从上而下依次由头盔、上肢、压力手套、躯干、下肢、靴子组成；从内而外又分为不同功能的六层，在为航天员提供全方位生命保障的同时满足太空作业的功能需求。

我也看到了“神舟七号”返回舱、返回舱降落减速保护伞原件，还看到了运载火箭、太空舱等模型。

航天展除展出了十余件国宝级航天实物、数百件相关实物、模型，以及“神舟七号”从发射准备到太空舱返回全过程的大量珍贵图片外，还特意准备了一些互动体验设施。

例如，主动式秋千、多维滚轮、演示箭、太空吧、星球秤等，观众可以现场模拟体验航天员在太空中的生存感受，大多数观众上去稍一尝试便会“晕菜”，吓得连呼带叫地大声喊停。

图17　太空漫步，互动体验｜二年级｜2010年1月9日

我当时也参加了太空互动体验，印象深刻。

而且，我还对一样东西特别感兴趣——那些曾经随“神七”飞船遨游太空的种子。

我对这些“太空种子”逐一拍照，包括三叶芹、黄豆、绿豆、白玉豆、南瓜、黄狼南瓜、长茄、棕脉花楸、木姜叶冬青、腺蜡瓣花、榕叶冬青、雷公鹅耳枥等，这些照片一直保留到今天。

图18 太空种子，逐一拍照｜二年级｜2010年1月9日

【拾趣】

九年级上 新学期演讲稿：《自强不息》

尊敬的老师们，亲爱的同学们，大家好！

我是来自901班的姚前。

今天很高兴在这里和大家分享心得、感触。

在这个暑假，我们不仅经历了奥运激情，还有G20的圆满召开，而就在刚刚过去的中秋节，我们国家自主研发的天宫二号成

功发射的消息，又一次让我们欢欣鼓舞，我们都为祖国的强大而感到无比自豪。

但是，我们可曾知道天宫二号和中国航天辉煌背后的故事呢?

建国初期，当中国刚刚开始发展航天科技的时候，来自美、苏等强国的技术和经济封锁，让这一事业的起步异常艰难。而中国的科学家们就在一穷二白的条件下凭借不屈的精神、不懈的付出，成功发射了中国第一颗人造卫星——东方红。

到了二十世纪八九十年代，世界16个国家联合建设国际空间站的时候，中国再一次被拒之门外。外界条件的恶劣，催生了中国航天科学家们自强不息、勇于创新的精神和工作作风。中国空间站的组件之一，我们的天宫二号成功发射，标志着我国的空间站建设迈出了坚实的步伐。

我们相信，不久的将来，中国人一定能将自己的空间站运送上太空，实现新的航天梦想。而且，国际空间站即将退役，届时中国很可能成为世界唯一拥有空间站的国家。

中国的航天事业虽然起步晚，基础差，不被别的国家所接纳，遭遇种种困难与挫折可想而知。但是中国人自强不息，顽强拼搏，最终也能与昔日的航天大国站在一起，甚至超越曾经的霸主。

其实我们在学习生活中，有时也像曾经的中国一样，基础薄弱、能力有限，不被他人所认可。面对种种困难，我们是选择逃避，或是安于现状还是知难而上、奋发图强呢？面对逆境，我们没有退路，只能迎难而上。

我们在学习上不可能一帆风顺。找准自己的目标，为此目标付出长期的努力，慢慢地积累，在下一次一定有所收获，并能增加以后学习的信心。有时尽管我们不够优秀，但是暂时的落后我们不能自暴自弃，而应该激励自己像中国航天科学家那样自强不息、战胜自我，曾经落后不代表我们以后也会落后下去。

如果我们在某些方面表现优异也不要自傲，不要以为自己曾经优秀，就永远会是霸主。当我们在顺境时，更要虚心，学习别人的优点，而不是躺在过去的功劳簿上，不思进取，那样也会被社会所淘汰。

当我们每个人通过努力实现自己小梦想的时候，就是我们实现青春梦、中国梦的时刻，新的学期让我们现在就出发吧！

谢谢大家。

（2016年9月18日）

贵以贱为本，高以下为基。

——老子

五　异想天开　灵光闪现

图19　我的未来我作主｜七年级｜2015年3月22日

不知不觉间，手工作品、经典智慧、太极功夫、现代科技、太空漫步、太空育种、跨界创新……像一颗颗梦想的“种子”，悄悄种在了我的心田里。

这些梦想的种子，从一幅画上也能看到端倪，画中鲤鱼跳龙门、火箭助推、祥云烘托……这是在2015年，初中一年级，参加“Change Makers”活动时，我代表“Hi Future”小组创作的，口号是：我的未来，我作主。

面临“体育拦路、升学告急”难题时，正需要“我的未来，我作主”的精神。多年前种下的“航天梦想”种子，这时在悄悄发芽，撩拨着我的心田——对航天训练很好奇。

航天员身材并不高大，也是有血有肉的普通人，如何能经受“飞天”的严酷挑战？

我深入研究发现：航天员的工作环境极其特殊，对航天员的身体素质和心理素质都是极大考验，“飞天”前要经历上百项训练，其中利用模拟器训练要占40%时间。

图20 人类首次在太空打太极｜2012年6月26日

航天员还有一个非常重要的定期训练项目，竟然是太极拳。2012年6月26日，中国首位女航天员刘洋在天宫一号太空舱里，成为首次在太空打太极拳的地球人，随后中国航天员经常在太空展示太极拳，让全世界人民看到了中华功夫的无穷魅力。

国内外宇航研究认为，太极拳是适应太空环境最好的运动方式，诸如跑步、游泳、骑行、跳绳等产生的效果，太极拳都能实现。

前面提到，我也“姑且一试”，跟爸妈学太极拳，然而“太极十年不出门”，特别是内家太极拳，练习过程“枯燥乏味”，难以入门和持续。

对于真正的传统内家太极拳，太极推手训练是功夫提升的重要方法，也是太极入门的必要手段，但是需要名师言传身教、高手陪练喂劲。名师高手难觅，时间精力宝贵。

在为体育一筹莫展的我，突发灵感：“能否结合航天训练、太极推手原理，发明一种智能机器人，辅助锻炼？”

【拾趣】

七年级下 作文：《我的季节我作主》

都说春天是我们年轻人的季节。没错，但在我们这生长的季节中，也会有风雨。但只要我们挺过了这风和雨，阳光就会来到。

经过昨天的大量训练，我的身体疲惫不堪，对，睡眠并没能消除我的疲倦。再加上这个年纪特有的生长痛，我竟有了不起床的理由。

“我还羡慕你呢，就你这个年纪才有生长痛，才有无限的精力。”妈妈说道。

但这个无限的精力，在我这里完全不起作用，该起不来的，仍是起不来。我费了一个上午才起了床。春不能这样被浪费，但我的身体已经由不得我享受这春光。

做完了一点作业，爸爸喊我去打羽毛球。但我现在，除了作业，还做得了什么？不过我还是尝试了一下。我艰难地挪动着双腿下楼梯，但我的腿硬邦邦的，完全不听使唤。总算，我一步一步走到了羽毛球场上。

阳光照在我身上，但完全无法温暖我的身子。开始打球了，所幸我的双臂仍能正常地摆动，仍能赢下爸爸几个球。

忽然一阵风拂面而来，我享受春风之时也是我输球之时。爸爸的球借着风打得很远很远。我努力地跑起来，但仍跑不大动。

我只能眼睁睁地看着自己输球了吗？不，我还有希望的！接下来几个球，我努力跑去接，但腿部的酸痛不允许我跑快。最终，我还是以失败告终。

第二轮，风小了，我也活动开了，咬着牙，努力地跑，最终扳回了一局，以平局收场。

在春天里，没有什么是不可能的，只要能坚持挺过风雨。春天的生长是迅速的，那风雨终究只能成为我们的垫脚石，让我们得以更好更轻松地成长，也让我们更加坚强，更加坚强地面对更加艰难的一切。

没错，我爱春天的阳光，更爱春天的风雨。

（2015年春）

【拾趣】

新高一作文:《从无到有——〈人类简史〉之感》

世上本来没有人类，进化让他们出现。人类出现后，知识进入了正反馈通道，正是因为人类的知识越来越多，能力也就变强，能力变强，也就让他们能有更好的学习知识的条件，知识也就更多。

当然人类的历史上，也存在着让人无法理解的一些事件。但不管怎么说，人类的秩序，从无到有，建立起来了。语言，文字，制度，国家，从无到有，出现了。从之前的不可想象变成了现在的一切。

我们无法知道一切的来源，也无法预测未来世界又会变得如何。我们无法推翻现在的秩序，也难以随意建立新的秩序。

也许现在所拥有的太多了。从食物采集到农耕社会，据说人们劳动的时间变长了，食物变得单调了，对自然灾害的适应变弱了。然而人类就是这样进入农耕社会，有怨却无法后悔，因为拥有的太多了。

因为农耕，人类有了更多的人口，更多的工具，但人均生产食物面积少了。农耕提供了更多的粮食，让同样大小的土地有更大的作用。但这，却让人口攀升，我们所认为的有，却让每一个人的生活都不如曾经的无。只可惜历史总会发展，所有的上升都伴随低谷，想要发展总是会有艰难。

“三十辐共一毂，当其无，有车之用。埏埴以为器，当其无，有器之用。凿户牖以为室，当其无，有室之用。故有之以为利，无之以为用。”无，也是有用的一种存在形式。现在我们所看来的有，大都有着有利的一面和有害的一面。有些时候，不如回归自然，回归无，在无之中，也许会找到比有更智慧的选择。

然而历史的进程不会轻易改变，更多时候我们只能顺应历史的潮流。以后的事情无法预见。我们只能以发展的眼光看待世界，尽量与未来靠拢。

庞大的帝国，终究会瓦解，人类的成就，在宇宙不再存在之时，也终将化为无。一切最终归宿大概既是有，也是无吧。历史的进程，没有什么能够阻挡，就算人们被禁锢，终有一天会迎来觉醒，无论什么，能做到的最多是放慢历史的脚步。放慢历史的脚步，也必将给予人们更多思考，终将使人类的思维想法更深一步。

人类是生物，是能记录下来历史的生物，也是能建造秩序的生物。尽管许多生物都能做到这些，但人类，有很完备的历史和很稳定的秩序。历史和秩序，前提都是信任。

我们所看到的历史，是从无到有发展而来的。一开始我们没有衣服，没有书本，没有工具，没有信仰，没有知识。而现在的我们拥有身边的一切，也拥有我们相信的一切。

我们所看到的历史，也是从有到无，或是说，有从有到无的趋势。我们对自然的依赖少了，我们所需要辛苦劳作的时间少了，我们所面对的不愉快，也会少一些吧。

(2017年8月)

天下万物生于有，有生于无。

——老子

篇三

方法的突破

一　航天训练　特制装备

航天员要在特殊的环境条件下，在航天器的舱内外完成飞行监视、操作、控制、通信、维修以及科学研究等特殊的工作任务，并要能正常地生活。

这需要进行严格的训练，航天员的培训内容包括：体质锻炼、理论知识教育、心理训练、特殊环境因素耐力和适应性训练、生存训练和航天器技术训练、航天医学工程技术训练、空间科学及应用知识和技术训练、生存训练以及综合训练等。

很多航天训练项目需要通过特制的装备进行，例如：

◆离心机训练。模拟航天器上升和返回时的持续超重状态，使航天员具备在超重环境下正常操纵飞船和通信系统的能力。载人离心机是大型旋转装置，旋转钢臂长达8米，钢臂前端是球形不锈钢封闭舱。训练时，航天员要承受40秒的8倍重力加速度，往往面部肌肉变形，呼吸异常困难。

◆模拟器训练。模拟各种指令、熟悉各种仪表和显示、掌握不同飞行阶段的操作，特别是学会在发生异常情况时如何判断和正确处置。

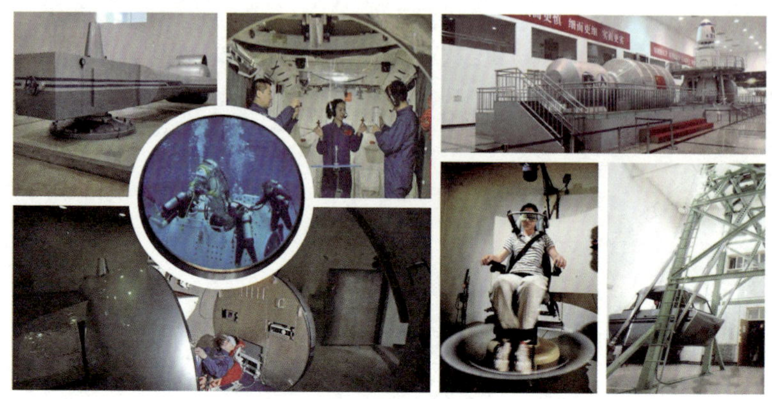

图21　成本高昂、体积庞大的航天训练装备1

◆模拟失重水槽训练。通过水下配平达到中性浮力，模拟失重条件下进行舱外活动训练。航天员一次要训练4、5个小时，每次下来体重都会减轻4、5斤，吃饭时连筷子都拿不住。

◆转椅训练。训练航天员的前庭功能，以及增强对运动病和眩晕的耐受能力。转椅启动后，每2秒就要转一圈。普通人在转动的转椅上，过不了一会儿，就会感到头晕眼花、心脏狂跳，航天员要达到15分钟才合格。

◆电动秋千训练。电动秋千是一个高十几米的钢架，钢架下像电梯一样悬吊着一个方形小厢。秋千荡起时，方形小厢前后能荡出15米，没受过专门训练的人，可能会一下子把胃液喷出来。

◆血液重新分布训练。训练时，航天员头朝下躺在一张特制的倾斜床上，床会变换各种低位角度，以调节航天员体内的血液分布，这时航天员往往会出现脸部充血、鼻塞头痛、胸闷失眠等症状。

◆冲击训练。用来模拟飞船返回地面时的着陆冲击，训练航天员的抗冲击耐力，冲击塔有4层楼高。

◆听力训练。用飞行中遇到的噪声频率，对航天员进行听力训练。

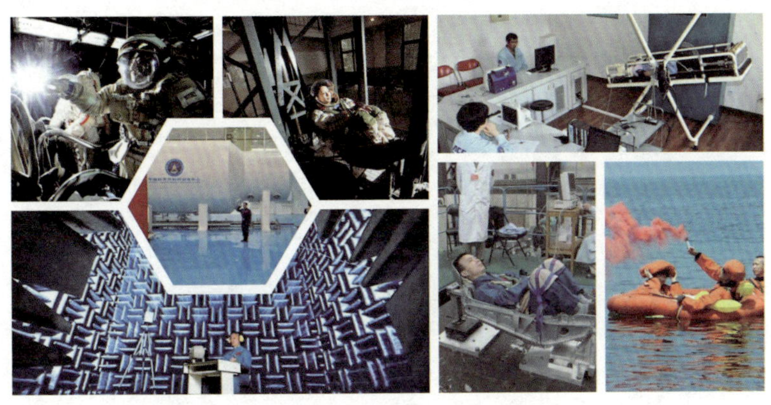

图22　成本高昂、体积庞大的航天训练装备2

注：本节部分图文源自2018年1月21日中国青年报·中青在线

善建者不拔，善抱者不脱。

——老子

二　学习拳术　增强体质

航天员千万选一，拥有高贵的品德、高超的专业素养，一流的身心素养，是人类中的优秀成员。航天装备代表了科技发展的前沿，而就在这个现代科技密集的领域，却有一项非常古老的软装备——太极拳，这是中外航天局的共同选择，是航天员身心训练的重要项目。

太极拳是中国首批国家级非物质文化遗产，是中华文化瑰宝，蕴藏着东方哲学的深刻内涵，是武术、医学、哲学和艺术的结晶，集强身健体、修身养性、益智增慧为一体，其丰富的哲学思辨理念锻炼了人的心理素质，简便易行的技法锻炼了人的身体素质，有利于促进人们身心协调。

中共中央、国务院发布的《"健康中国2030"规划纲要》提出："扶持推广太极拳、健身气功等民族民俗民间传统运动项目"；中共中央、国务院办公厅发布的《关于实施中华优秀传统文化传承发展工程的意见》表明："支持中华医药、中华烹饪、中华武术、中华典籍、中国文物、中国园林、中国节日等中华传统文化代表性项目走出去”。

运动专家通过比较研究已证明，太极拳的典型姿势与运动，可以发展腿部力量，特别是使膝盖部位得到锻炼；柔性运动方式，可以使髋、肩、肘、踝等关节的柔韧性得到很大提高；重心不断变化，步型较低，可使平衡能力大大提高；注重意识锻炼，体现东方传统文化的神韵，无疑对健脑有作用；而且，太极拳的优越性还在于运动的整体性。

世界卫生组织已将太极拳列入心脏复健运动项目，在其《关于身体活动有益健康的全球建议》封面上，太极拳排在身体活动项目首位。英国媒体报道，太极是电子时代的完美解药，很多小学已开始教孩子们打太极拳。

“不治已乱治未乱，不治已病治未病。”健康中国战略强调，“坚持预防为主”“倡导健康文明生活方式”，加快推动从以治病为中心转变为以健康为中心，提高全民健康水平。太极拳的巨大作用将会进一步凸显。

天下莫柔弱于水，而攻坚强者莫之能胜，以其无以易之。

弱之胜强，柔之胜刚，天下莫不知，莫能行。

——老子

三　锻炼误区　动而不运

从航天员训练安排也可以看出：浩瀚太空中，人极其渺小，要想在全然未知的环境幸存，不在于局部有多强大，而在于整体优化、快速顺应、高度耐受、适者生存。

航天员刘洋说："大家对航天员的训练有一个误区，觉得就像运动员一样，需要跳多高、跑多远多快，其实完全不是这样的。对于航天员来说，体育锻炼并不是要求你达到生理指标的极限。"

现代科学研究也已证实剧烈运动会招致不良后果，剧烈运动会增加活性氧发生，而活性氧会生成老化物质，损伤遗传因子，是疾病和衰老的最大元凶，需要体内有超氧化酶中和。

爸妈传授我太极拳时，反复强调：

生命在于运动，但多数人对"运动"的理解存在误区，知道要多运动，却很少知道盲目乱动对健康危害很大。有些家长为提高孩子考试成绩，对孩子突击强化、恶补，不仅收效甚微，还对身心健康造成重大伤害、埋下长期隐患。

运动在于方法，"运动" = "运" × "动"，"运"是"动"的基础与保障，"动"而不"运"是乱动或蛮动。航天发动机性能与寿命，不仅取决于发动机（“动”），更取决于润滑系统（“运”），如果润滑、降温、清洁、缓冲等功能失灵，强行转动定会急剧损耗、老化，甚至烧毁。

剧烈运动前，需要进行热身，即先“运”后“动”；未充分热身就剧烈运动——未“运”先“动”——极易受伤。身体较弱的孩子，原本体内气血运行就不通畅，再加突击恶补、盲目乱动，会加倍透支身心、累积内伤，进入恶性循环。

“动”是外显的，较易理解与掌握；“运”是内隐的，较难领会与实践。外部形体动作相对容易速成，内在气血运行则需循序渐进。真正的内家太极拳，修炼内在精气神，所以有“太极十年不出门”之说。

勇于敢则杀，勇于不敢则活。

——老子

四 一分为二 危中有机

分虚实，辨阴阳，知进退，如同爸妈教我的春联感悟，将“运动”“身心”“知行”“健康”“学习”“教育”“智慧”“危机”“舍得”等，一分为二，前后左右、上下表里，从不同的角度、维度，细细揣摩体会，也许会看到完全不同的风景。

我读到哲学上的辩证法，与此有相通之处，例如：对立统一规律、量变质变规律、否定之否定规律。

其中对立统一规律，揭示了客观存在具有的特点，任何事物内部，都是矛盾的统一体，矛盾是事物发展变化的源泉、动力。

量变质变规律，揭示了事物发展变化形式上具有的特点，从量变开始，质变是量变的终结。

否定之否定规律，揭示了矛盾运动过程具有的特点，矛盾运动是生命力的表现，其特点是自我否定、向对立面转化。因此否定之否定规律构成了辩证运动的实质。

“体育拦路，升学告急”，对我而言是一次“危机”，如果我立即缴械投降，或者走歪门邪道，作弊赚点分数，那就是“危”占了上风，把我打倒了。

我放弃、作弊，还可以理直气壮地埋怨别人。例如：

生来不如别人，命不好；

父母遗传问题，基因不好；

老师水平不够，教得不好；

学校档次不够，条件不好；

竞争环境恶劣，制度不好……

要想“甩锅”，不愁找不到目标。与其说是被危机打倒，不如说我是被自己打倒。那么，“体育拦路，升学告急”的“危”中，有没有“机”？

塞翁失马，焉知非福？不管怎样，我愿意自己动手试一试，或许真会否定之否定——否极泰来？

【拾趣】

八年级暑假 征文：
《好奇中的哲学——读〈苏菲的世界〉有感》

宇宙被创造的时候存在一个漏洞，这个漏洞就是哲学。

不论世上的物质是否存在，哲学就在那里，只是我们不一定能看见。

我读《苏菲的世界》，虽然其中的哲学思想不容易看懂，但仍从风趣易懂的语言中学到了一点哲学。

看第一章：学习哲学的要求——只需要好奇心。真简单！好奇心人人都有，我记得我们小时候对每一件事物都充满了疑问，对未见过的事物都想尝试，也就是说我们本来都是学习哲学的天才？可是当我们渐渐长大，对身边的事物不再那么敏感，不再深究其中的道理，好奇心渐渐淡了，因此也就觉得距离哲学远了。

例如，看到灯发光，世故的人不一定有啥反应，而好奇的小孩很可能追究原因，试图弄懂背后的道理，这也正是科学和哲学的源泉。假设那盏灯突然从发光变成吸收光，成人或许会因为这严重违背常识而被吓得魂飞魄散，而小孩则可能会异常兴奋、充满好奇地研究起来。

我在看这本书的过程中，也恰好经历了一点点哲学案例，触发了思考。

一次是解一道数学题，我曾经做过类似题目，加上参考题目配图，很快得到了答案，直到检查时，才发现自己错了，这道数学题，其实题目和图片都与我曾经做过的那道有细微不同，这算是掉进“经验主义”的坑里了。所谓经验主义，大概就是以经验观察到的事物为判断的基础吧。

有一次我关窗户总关不严，利用物理课上的知识反复寻找原因，推理出许多可能——摩擦力太大、窗框变形、轮子被卡……但是这些问题解决了仍没能关紧窗户，只好请爸爸帮忙。爸爸看都没看，只是让我轻点推，一试竟然成功了。我脑中精密的推理却不如爸爸的直觉。

在哲学中没有绝对的正确，也没有绝对的错误，所有的一切只能靠我们自己来思考、感悟。但是不要忘记，不要放过身边的蛛丝马迹，以好奇的眼光来看世界，看自己。

好奇助我走进了哲学的世界，也给我的生活添加了光彩。

P.S.这篇文章是很认真写的，虽然书并没太看懂，如果觉得可以改进，下面还有一些段落可以选择：

1.其实我们也像苏菲一样，生活在他人的世界中。我们有时也很被动，也似被他人所操纵。但是苏菲和艾伯特成功脱离了少校的世界，我们也可以做到。

在“他人的世界”我们需要不卑不亢，努力做好自己，并努力脱离，开创自己的天地，让自己的主宰不是他人，而是自己。如果无法逃脱，也不要轻言放弃，在别人的世界中我们也可以过得出彩。

2.苏格拉底曾说，“我只知道一件事，就是自己的无知”。好奇也就是因为无知。我们看似在学校学到了很多，但是在世界中，我们拥有更多的就是无知。

这并不是谦虚，探求知识需要无知。无知即有智，无知即对世界充满渴望。

（2016年夏）

高者抑之，下者举之；

有馀者损之，不足者补之。

——老子

【拾趣】

九年级上 作文：《赶春》

春天是百花争奇斗艳的季节。当人们谈论着那些独自在其他季节开的花时，不要忘记了更多的花，在春天开放。

春花并不是不想在自己的季节中卖弄风采，也并不是没有在炎炎夏日或冬天寒风开花的能力。在它们选择春天的背后，也包含了许多深意。

且不说春天的温暖适合花的开放，仅从花与花的关系上说，春天开花就有自己的道理。

我家附近有一条街，是饭店的天堂，每天晚上都吵吵闹闹，自然这些店，不论是小吃还是西餐，都能够开得红红火火。

虽然身边充满了竞争，但是每家店的生意都很好。不仅如此，这条街也因此成了附近的美食一条街，店铺也都跟着沾了光。

但是也许我们不知曾经的这条街，当时也开过零零星星的饭店，但慢慢都经营不下去了。尽管当时看起来竞争的对手少很多，过往的人流却远不如今日，这大概才是这些曾经店铺消失的原因。

而当后来饭店如春笋一般萌出的时候，那里的客流才渐渐多了起来。现在，那里已经从冬天到了春天，许多相近的店铺不但引来了更多的客户，也让所在的地方因此闻名。

虽然大家都在赶着春天，春天却也带给了我们更多的机遇：我们看花不也经常是在春天吗？

同时，竞争也是发展的动力，正是在春天开放，才造就了春天的花。春天的花不仅有美丽的颜色，迷人的香气，硕大的花瓣也是它们成功的标志。

相比起来，其他不在春天开放的花很多就沉迷于自己的安乐和成功，没有了斗志。终有一天它们也会加入竞争，用更惨痛的方式蜕变或者就因敌不过那些更加强大的花而被抛弃，而走向衰亡。

当然在一个更大的团体中，也存在着合作，许多的花可以共同抵挡外来的侵袭。

当然有时候，赶着春天也并不一定是最好的选择，我们需要根据自己的情况，来选择我们自己的方式。

不要忘了，春天，也是开花的好季节。

(2017年1月2日)

致虚极，守静笃。

万物并作，吾以观复。

夫物芸芸，各复归其根。

——老子

篇四

意外的惊喜

一　顺随运动　心想事成

前文的介绍已经看出，借助特制装备的航天训练，重点在特殊环境因素耐力和适应性训练，不是与未知的太空环境对抗，而是身体和心理的调整、优化、适应，尽量减轻身心消耗与伤害。

航天训练的底线思维，不是跳得多高，不是跑得多快，不是肌肉多发达，不是姿势多漂亮，也不是超过谁、战胜谁，而是——活着！活着上去，活着回来！

受航天训练启发，再根据太极拳“中正安舒”“舍己从人”“无过不及、随曲就伸”原则，我们从“固柢”切入，设想出一种新的锻炼方法——顺随运动法。

顺随运动法，也称为固柢运动法，在扰动环境中以顺随、平衡的方式练习，以保障锻炼的正确性和有效性。“顺随运动”与耗力、对抗、局部式运动不同，顺应所处扰动环境变化而调整运动，维持身体放松、平衡协调、中正安舒，从而逐步促进周身气血畅通，进行整体调和优化。

对应顺随运动法，为提供合适的扰动环境，我以“航天训练家庭化+太极推手智能化”为目标，在老师和爸妈的指导下，在多位热心创客的帮助下，综合运用现代科技，研制出一种新的智能机器人。

把简单事情搞复杂，人人都可以；把复杂事情变简单，反而很困难。

吃饭、睡觉、排便、呼吸，都是极其简单的事，身体好的时候，往往也不知珍惜。可是，现实中就有很多人吃不下、睡不着、排不出、呼不畅，如何回到从前的简单状态呢？这些看似简单的事情，都成了长期困扰人们的难题，甚至成了全世界的医学难题。

航天训练家庭化、太极推手智能化，想想都觉得很酷、很有趣。但是，把成本高昂、体积庞大的航天训练装备家庭化，把高深莫测、变化万端的太极推手方法智能化，真正变成现实，谈何容易？

由于构想规划盲目乐观，实施中到处碰壁。第一代机器人设计了水平、垂直、旋转等多个运动轴，设计了承载舱、安全护栏等，费了九牛二虎之力才勉强制作完成。但是，体积大、笨重、噪音大、有安全隐患！

如何提高实用性，是个大难题。山穷水尽疑无路、几乎要放弃时，我玩双轮平衡车仰面摔了一跤，脑中一片空白，躺在地上好久好久……

这么小的一个双轮平衡车，竟然能把人摔成这样……忽然，我想到我的机器人——对！逆向思维！化繁为简、从小做起，四两拨千斤！这一摔，摔出了重大突破！

随后还遇到其他各种难题，在很多人的热心帮助下，一次一次尝试，一点一点突破，走了很多弯路，吃过很多苦头，花了很多钱，才创造出了第六代。

机器人设计有多种训练模式，能够载人进行平衡、专注、柔韧、敏捷训练。使用时参照太极站桩要领，脱鞋站在承载面板上，双脚平行、双脚距离与肩同宽，头容正直、身体放松、保持平衡，准备就绪后使用智能手机或遥控器启动。人随着它自动往返移动，相应调整身心状态、尽量不从承载面板上掉落，以达到锻炼效果。在它的刺激、扰动下，锻炼者即使没有名师言传身教，也会渐渐暗合太极要诀。

图难于其易，为大于其细。

——老子

二　迫不及待　早晚练习

机器人的第一个原型，赶在我初中三年级开学时，终于想尽办法拼凑出来，我迫不及待最先开始尝鲜，每天早晚练习10分钟。

约练1周后，隐约感觉腿上有些变化，之后明显变酸软，爬楼梯像企鹅一样，一左一右摇晃着走，膝盖抬起放下时那个酸爽，真是难以形容。那几天根本无法跑动，体育水平不进反退，比没练前还差。

我很担心，把这个情况告诉爸爸。没想到，爸爸听了后，一下子来了精神，详细追问后喜笑颜开。爸爸说这是练功过程中的"换劲"，又叫"好转反应"，遇到时，要宠辱不惊、顺其自然。

爸爸还举例说，打铁成钢时，生铁原本又脆又硬、杂质很多，要把生铁放在火里，烧得通红、变得柔软，再用大锤反复锻打，砸出杂质，重新排列组合，才能打出有用的东西。百炼钢化为绕指柔，更需要经历无数回合的回炉、锤炼，只有这样，品质才能越来越高。

虽听爸爸这么说，略微放心点，但双腿实在是太酸软了，人还犯困，非常想睡觉，碰到床倒头就睡，感觉整个人陷进床铺一样，白天也想睡，坐着也能睡。

还有放屁，连着放屁，不分场合，各种曲调，有些像爆核弹，有些像吹长笛，令人尴尬。还有一次放了很多屁后大便，拉出很多很多，从未见过的多，把家里马桶都堵上了。

还打喷嚏、流鼻涕。有时刚开始练就猛打喷嚏，一个接一个地打，跟出很多眼泪、鼻涕。流鼻涕也很反常，有时不知不觉间，吱溜一下跑出来，都来不及用纸接。

这么滑稽的情况，我告诉爸爸。爸爸更加高兴，让我继续观察，一定要好好勤练。说来也奇怪，大约练了1个月时，酸软、犯困的情况，比之前缓解很多，能跑动了。

更让一家人喜出望外的是，原本单杠都抓不住的我，竟然拉了1个引体向上。我被自己惊呆了，几乎不敢相信。

爸爸激动得两眼放光，在房间里踱来踱去，大声地、得意地对着妈妈说："怎么样，怎么样？！……我就说儿子能行，肯定能行！"妈妈也很激动，眼里含着泪花，幸福地接受着爸爸的"嘲笑"。

受那次进步的鼓舞，我增加了每天锻炼的时间，持续练习2个月后，耐力跑、引体向上、跳绳成绩都明显提高。

没用机器人锻炼前，在长跑和游泳之间二选一时，我计划选择游泳，因为我非常害怕跑1000米，每次晨跑我都掉队，有时跑得气都喘不过来，非常难受，很难跑完全程。如果强行硬撑跑到底，后面的课就几乎没法上了，一直回不过神，还可能会累生病。

看到我勤练2个月的进步，爸爸建议我考虑选长跑，省得在冷天练游泳。同时叮嘱我，平时练习时，不要拼命跑，适当强度就可以，特别是在寒冷天，尽量不要跑得大汗淋漓。

的确，练到那个时候，感觉脚步比以前轻快，每次学校晨跑时，我基本能跟上大部队，信心又增强不少。

【拾趣】

九年级上 作文：《汗水的声音》

汗水不曾有声音吧。就算有，也并不会好听吧。

我听到汗水的声音，是在我家中。那时房子正装修，没有片刻安宁，只有装修的吵闹，和我对我未来家的憧憬。但这憧憬，也因刺耳的噪音几乎消失殆尽。终于等到装修的最后一天，我有些开心，很快就可以脱离这份喧嚣，回归安静了。

窗外阳光刺眼，电钻声音继续响着，磨着我的心，而且那电钻钻钻停停的，最是让人不得安宁。当我想休息的时候，下一阵声音也就响起。在这个压抑的地方，我想哭，眼泪落在地上。又是一次暂停，我讨厌暂停，暂停会打乱我的节奏。爸爸走过我面前，“啪”，什么声音？我什么也没看到，接着电钻继续响起。

啊，那是汗啊。地上的一滴水引起了我的注意。原来汗也有声音。原来我的父母，天天在此装修，忍受的不止有电钻的声音，还有汗水的声音。

不久后，我住进了那间房子，各种噪音没有了，现在有的，就是一直盼望的家的温暖。但这温暖，不用付出岂能得到？有人在这里流过了汗水，而那些汗水，也为了家所发出过声音。那声音，即使在喧闹中，也可以被我所听见。只要有内心的平静，再小的声音也可以被听见。

美丽的地方总有过汗水，温暖的地方总有过泪水。

汗水是像父母一般的默默忍受，泪水是我的哭泣。

这些刺耳的噪音并不是无法忍受，为了美好，忍受一切都不是问题。

汗水的声音就是忍耐。

——摘自作文集《树的思考》2016年10月

【拾趣】

九年级上 作文:《下课，不仅仅是享乐》

下课，对于大家来说，是再喜欢不过了。因为下课，是在学校最大的乐趣。下课时，大家不仅可以在一起聊着无穷无尽的话题，也有了可以自由安排，休息或学习的时间。

下课带给了同学们快乐，而且，我要说，下课并不仅仅是享乐。不论下课是被用来谈天说地还是仰望天空，下课都有它独特的价值。

在一些人的观点中，下课聊天就只是浪费时光。但是在我看来，并不是这样。聊天不仅增进了同学友谊，也放松了同学们的情绪。尤其当同学中爆出了一个笑话或者可笑的事情，欢乐就把整个教室充满，原本的压抑就没有了踪影。日常交流也可以把学习知识的紧张情绪一扫而空。

坐着发呆或者四处转转也是个好主意。虽然漫无目的，但是这样的漫无目的可以带来真正的放松。这也等于让大脑“睡”了一觉，“醒”来后就能以更加清醒的头脑来面对接下来的学习。而且这时我们的内心，与之前相比更空，有更多的空间来消化吸收新的知识。

而在下课时复习之前上课的知识也是一个好选择，趁热打铁复习刚学过的知识也可以大大加深我们对知识的印象，带给我们的帮助也是巨大的。只是有时当我们感到疲倦时，这样的复习并不如放松更加有效。

而有些同学喜欢下课趴在桌子上睡觉，虽然不能表扬这样不雅的行为，但这对于他们来说，也是对缺乏睡眠的一种补偿，也是为了有更好的精神去面对后面的课。

下课，不只是享乐。下课，让我们在劳逸结合中更好地面对学习。下课，也让我们在欢乐中学会了生活。下课，不论被如何打发，都能发挥它应有的，不仅仅是享乐的作用。

这就是下课，不仅仅是享乐的时光。

（2016年10月23日）

明道若昧，进道若退；
夷道若颣，上德若谷。

——老子

三　体育满分　扬眉吐气

在我每天锻炼满3个月后，我对体育的信心更加足了，中考体育模拟考试的日期也到了。

模拟考试，先考引体向上，我轻松拉了10个，得10分；接着是跳绳，拿到10分；最后是1000米跑，竟然也拿到9.5分。总得分达到29.5，已接近满分30分。

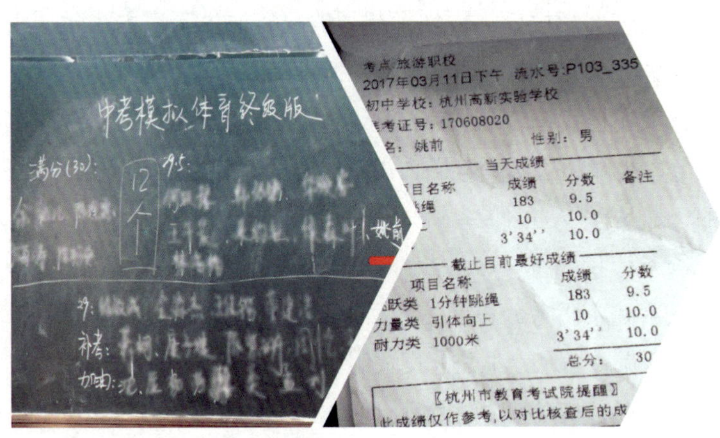

图23　中考体育成绩｜九年级｜2017年3月11日

这个接近满分的模拟考试成绩，让老师和同学们非常惊讶！大家感到难以置信，老师眼里的“困难生”，同学眼里的著名“学弱”，竟然杀进第一梯队？

老师把全班同学成绩分别写到小黑板上，在写到我的名字时，很多同学以为老师抄错了。

对这个成绩，我自己当然非常满意，面带憨笑地享受着老师的称赞，享受着同学的调侃起哄。

而且，自从度过非常犯困嗜睡的阶段后，整个人感觉精神很多，上课时注意力能长时间集中，晚上自己在家看书、做作业时，效率也比以前高很多，稍有空闲时间，自然而然就是想看书。

经过体育模拟考检验后，对自己、对机器人的信心进一步增强，继续每天勤练。接下来的3个月一晃就过去了。

就要进行体育中考了，但考前一天，碰到突发情况，我莫名其妙地发烧、头晕、胸闷、人难受，班主任林老师很关心我，连忙通知家长到学校。

爸爸赶到学校后，详细了解了情况，说先不送去医院，由他来想办法，就帮我向老师请病假，把我接回家。

爸爸安慰我：“不用担心明天的考试，不会有问题；即便拿不到满分，也能超过21分；即便没超过21分，也会比半年前好很多；哪怕真是0分，天也不会塌下来。”

爸爸让我多练一会儿机器人，又用艾灸辅助灸了几个穴位，再次强调健康比考分重要，然后让我安心在家睡觉，让我下午和晚上都睡觉或休息，不允许我做作业。

2017年3月11日，年级整队前往体育考试点，老师还带上了扩音大喇叭，很多家长也带着加油道具，围在考点操场围墙栅栏外面，等着给同学们加油助威。

但爸爸与其他家长不一样，没有带任何加油道具，他在我进考场前轻声叮嘱："儿子，固柢家规记得吗?"

我回答："记得——安全>健康>品行。"

爸爸说："好的，记住。我今天不给你喊加油，天气还很冷，又是阴雨天，考的时候不要猛拼，特别是长跑，不要玩命地跑，慢就慢一点，犯不着为多1分拼伤身体。这种天气剧烈运动，很容易生病。健康比分数重要。要放松，务必要放松，按自己的节奏，正常发挥就行。"

第一项，在室外冒雨测引体向上，单杠上很滑，比平时练的时候要难，虽说我拿到10分，但是没有平时顺手，很费劲，我一下子变得紧张起来。

这种紧张又带到了1分钟跳绳环节，我整个人比平时明显要紧，绳子不太听使唤，中间绊到好几次，只跳了183个，幸好还得了9.5分。

紧张的跳绳环节结束后，我回想起爸爸的叮嘱——记住固柢家规；要放松，渐渐冷静下来。在1000米耐力跑时，不管边上同学如何跑，不管围墙外老师和家长如何喊，我只管按照自己的节奏跑，把速度控制在自己能承受的范围内，一圈，两圈……还剩最后100米，别的同学都已经在全力冲刺，我放慢了速度……

挤在围墙外观战的老师和家长们，看不到计时器，不知道出了什么事，以为我跑不动了，一齐扯着嗓子给我喊加油；其中副班主任彩虹老师，由于知道我体育成绩素来很差，拼命喊，直到得知我也拿到10分，紧悬着的心才放了下来。

图24 中考体育满分者合影｜九年级｜2017年3月11日

领队钱利芳副校长高兴地把满分同学凑到一起拍合影。照片中间踮起脚还比身边同学矮一头的，就是我。我也拿到了满分，三项总得分29.5，按规定取整等于30分，有惊无险地获得满分！

这当然是轰动全场的消息。

老师想不到——长期的体育困难生，竟然拿到满分！

同学想不到——常被嘲笑的体育差生，竟然拿到满分！

大家更想不到的是：这个满分，竟然仅用半年时间就轻轻松松拿到；不仅没有突击恶补，实际所花时间，比其他同学还少很多；不仅没有影响学习，对学习还有很大促进！

同学们这时对我的追捧程度，从照片中也看得出来：考试结束等校车时，我顺便练站桩，左右都有同学模仿，就那样陪我一起静站了半小时，其中一位后来成为学校的中考状元。

也许有人会说：“体育哪有这么难？大家都能满分。”

我也曾经说过：“生物一点都不难，是个人都会做。”

立马遭反驳：“站着说话不腰疼，饱汉不知饿汉饥！”

尽管我所读的初中学校对体育非常重视，提前1年就狠抓体育提分，但是我们班参加中考的同学里，仍有26.1%的同学，体育中考没有拿到满分。

更让学霸扎心的是——

排名前5的，有4名体育未满分，高达80%!

第1、2、4、5名都未满分，所谓“学习好，体育渣”。

那年我们班同学的运气也是好得出奇。第2名（555分）、第4名（549分）、第5名（543分），正好分别达排名第三、第五、第六所重点高中的录取分数线。

也就是说，这三位同学，如果体育再少0.5或1分，录取的学校就会掉一个位次。

实验学校2017届1班中考成绩

姓名	总分	语文	数学	英语	科学	社会	体育	加分
	566	104	120	111	153	49	29	0
	555	105	115	109	153	47	26	0
	551	102	116	113	145	45	30	0
	549	96	112	113	151	48	29	0
	543	105	104	116	144	46	28	0

图25　班级中考前5名成绩情况｜2017年6月

第2名的同学，体育中考能有26分，已拼尽全力——800米跑，3分25秒，刚好搭上10分线，一秒不多，是个人历史最好成绩。为此，她公开发文感叹纪念：《操场上，我泪流满面！》

她爸爸也公开发文回顾总结《奇迹是怎么产生的？》，详细描述从正月初三开始，每天晚自习后，陪她苦练800米的艰辛过程。其中披露：

“之前跑800米，差不多要5分钟，每次跑步，都会身体不适，要么疼痛，要么呕吐，多次去医院检查都没有结果，说没有发现任何器质性的问题。

“我告诉她，痛也跑，吐也跑，突破了这个关口，问题就解决了，如果真有问题再上医院。不是我这个爸爸狠心，其实我也心痛，担心她确实不适合跑步，扛不住，但为了达到目标，我们必须有所担当，比如承担一定的风险。

“她确实不擅长跑步，内心对跑步充满恐惧。有时，她也会以天气不好，身体不舒服为由，逃避训练。每每这时，我总会坚定地告诉她，不要啰嗦，既然决定了，就不要退缩。我绝不妥协的态度面前，她开始自觉参加训练，不再找借口、寻理由。

“建议她匀速前进，全程冲刺，跑到终点，用完最后一份力气。和她开玩笑，我准备好担架在门口等她，不要出现跑完力气还有储备的遗憾。”

看了同学们体育备考的记录，我暗自庆幸。相比同学们强化训练的艰辛，我的专项训练——早晚十分钟轻松锻炼，相当于每天课间玩个快乐放松小游戏。

【拾趣】

九年级寒假作文：《我眼中的世界——安静》

世界是安静的。

但这安静只是整体上的安静，在每个小地方都有着它们的喧嚣。

我们想要的世界可能是安静的，但是安静终究会被打破。我所看到的世界，是一个并不安静的地方，只是它的不安静还是平衡的。

但这是平衡，不是平均，总有一些地方会更吵闹一些。我看到的世界，并不是很平均。只是不平均的一端，不想打破平静；另一端，没有让世界吵闹的能力。

且不说别的，仅仅看看战乱的国家吧，自从“二战”以来，中东的战事连绵不断，那里的人们的生活就可想而知，不仅有从天而降的炮弹，眼前的生活用品和食品也一定有了短缺吧。

而在南亚和非洲的一些地方，把饥饿当成了常事的人们，又是否想过，在另一端的美国和欧洲，过度饮食和肥胖却是许多人的状况。

我不知道，是这样不公平的社会，还是公平的社会更利于发展。我只知道我自己，大概是偏向平均。

我可以看到街边的建筑工人，不管天上有冬天的雪花，还是有夏天的烈日，每天辛勤工作，挣得的钱却远不如那些付出较少的人。我为建筑工人们不平。但不管我怎么不平，都没有用啊。

我想，我们的发展之中，合作和竞争是并存的，但现在似乎是合作远不如竞争多吧，由此，平均也就与这个世界远离。

并不是说，平均是世界应有的常态，而是应该让现在太过不平均的世界，多向平均靠拢一些，这样我们也能更安静些吧，世界也一定更安静的。

我想让世界能有另一种安静。

（2017年2月）

挫其锐，解其纷；
和其光，同其尘。

——老子

四　顽疾自愈　全家感恩

在体育中考之前，一家人对用机器人锻炼的关注点，主要在提高体育成绩上。

9个月前，原本只是“姑且一试”，没想到不仅奏效了，还特别地奏效——竟然能得满分！

体育中考的那天下午，妈妈一个人在家里等不及了，专程出来接我和爸爸。

我不好意思把得意之情表现得太过。

爸爸这时可不谦虚，得意之情溢于言表，像大英雄凯旋，反复向妈妈“得瑟”：“怎么样，怎么样？服不服，服不服？你就说你服不服？！”

妈妈就在那一边笑，一边擦眼泪。

爸爸还在那说：“我早就说儿子能行，肯定能行！还记得吧？”

妈妈在那幸福地笑，打趣说：“哎哎哎，是说过‘能行’，但没说过‘肯定满分’……”

爸爸正准备“狡辩”，刚想开口，突然停住了，搞得我也愣住了。

爸爸又突然问我："儿子，你多久没流鼻血了？"

我被这么突然一问，一时回答不上来，疑惑地看着爸爸，不明白这时候为啥要问这个。

还没等我反应过来，爸爸流露出更加欣喜的神色，接着说："是不是一时想不起来？想不起来就对了！"

妈妈在寻思："对呀！往年这个时候，肯定在流的，每周都流，间隔最长不会超过1个月。"

爸爸这时抬高嗓门自豪地说："我宣布，我儿子的鼻子有救了！鼻血问题要解决了！"

"鼻血"两个字，再次让我想起：从上幼儿园开始慢性鼻炎、顽固性鼻血，绵延十年，四处求医，久治不愈。

2014年请一位全国顶尖的大夫诊治，刚开始效果很明显，但半年后也复发了。

2015年4月再试了两个疗程中药，未起效，没再继续用药物方法。

后面越来越严重，几乎每周都要流，有时一周还不止一次，有时连着几天都流。那阵子我得随时准备应对。

我们一起仔细回忆，锻炼之后，流鼻血的量和频次，应该在逐渐减少，特别是模拟考后，应该没流过，所以爸爸突然提起，我都想不起上一次是什么时候流的。

人往往是这样，好了伤疤就忘了痛。我这几个月快把流鼻血的事情忘了。

刚才妈妈一句打趣的话，爸爸正想回辩，忽然想起治鼻血的事，因为他之前还真说过："你的鼻血肯定能好，真正的好，不是通过药物"。

爸妈一直想找非药物方法，一直没找到。有人这样说，又有人那样说，还有人说：要连着吃一整只猪头。

后来关注点转到了提高体育成绩上，治鼻血的事也就搁置了。

碰巧爸爸今天又想起来，好像突然明白了什么道理似的。

妈妈说：“好好好，别卖关子，快说怎么有救了！”

爸爸竟在那拿腔拿调地念起拼凑的歪诗来：

“横看成岭侧成峰，远近高低各不同。

不识庐山真面目，只缘身在此山中。

崆峒访道至湘湖，万卷诗书看转愚。

踏破铁鞋无觅处，得来全不费工夫！”

念着歪诗，又转过来问我：

“前几次流鼻血期间，鼻孔里有奇怪的东西吧？深颜色的，褐色的、墨绿的或者接近黑色的？”

这个我明确回答：“有！不止一次。”

因为这个印象很深，从鼻孔里排出的东西，不仅颜色很深，还比较粗、比较长，最长的比手指还长，像条吸了血的蚂蟥，从鼻孔里拖出来，软乎乎，黏乎乎，现在想想都感觉肉麻、恶心。

左右两边鼻孔，都有东西出来过。实在想象不出来，这么粗、这么多的东西，我这么小的鼻孔，怎么装得下？拖出来的时候，鼻子痒腻腻的，并不痛，刚拖出来，就感觉鼻孔突然通气，整个人如释重负一样……

爸爸这时转向妈妈，挤眉弄眼地嘿嘿说道：

“众里寻她千百度，蓦然回首，那人却在灯火阑珊处。”

妈妈更被逗笑了，笑着说：“你今天来才气啦？把会背的，都背了一遍，差不多就这几首吧？”

然后略带狐疑地问道：

“你的意思是，我们一直想找的止鼻血的方法，绕来绕去，其实跟提高体育成绩一样，就是锻炼？”

爸爸得意洋洋地，整个人都在摇摆，接着吟道：

“‘料应必遇知音者，说破源流万法通。’还好，还好，诗兴没白发……然也！”

这欢乐的氛围，让我也忍不住插嘴：“然也！然也！差不多就这几首，后面没词了，改大白话了，哈哈哈。”

爸爸摸着我的脑袋，模仿起《西游记》评书来：

“遂附耳低言，不知说了些甚么妙法。这猴王也是他一窍通时百窍通，当时习了口诀，自修自炼，将七十二般变化，都学成了。”

刚说完，好像转念又一想，一拍自己脑袋，正色道：

“呀，差点把传你口诀的祖师忘了。吃水不忘挖井人，我们全家都要感谢你师父呀！”

载营魄抱一，能无离乎？

——老子

五 贵人指点，铭记在心

2014年，爸爸寻访到一位非常高明的中医——连大夫，5月20日爸爸微信、微博这样写道：

“从幼儿园到小学六年一直流鼻血，之前中西医、土郎中都看过，没见效；有缘寻到连大夫，一副药就搞定，庸医与名医之间的分别实在明显。名医为之四顾、为之踌躇满志。”

连大夫把脉极有特点，几只手指像抚琴一样按按提提；连大夫开方也很有特点，把开出的方子，都详细记录在一个大本子上。

那天，连大夫一边细细把脉，一边微微晗首，之后还与我们亲切交谈。

好像连大夫对自己上周开的方子也很满意，把大本子翻回到那一页，做了个重点标记，还乐呵呵地当众说：“这孩子有慧根。要是时间精力允许，我愿意收这孩子为徒。”

我那时还不太懂。那天星期二，我只请了一节课的假，心里惦记着赶快回学校，以免错过第二节课。

爸爸听了连大夫的话，很感动，知道连大夫时间极其宝贵，不轻易收徒，赶忙恭请连大夫推荐几本书给我启蒙。

连大夫说："学中医，必须要立大志、读经典、跟名师、多临证、学国学、修道德。

"读经典、学国学，先从根源性经典开始，老子的《道德经》，孔子的《论语》，释迦牟尼的《金刚经》，还有《黄帝内经》，都很好，都适合孩子反复诵读。

如果对本草感兴趣，可以找入门的看、背，如《医学三字经》、《药性歌括四百味》。"

连大夫估计我没听明白，特意找张稿纸，把书的名字写在上面，交给我。

中医堂的掌柜恰好也听到，非常热情地对我说："小同学，欢迎你随时来这边玩，我还会跟药房那边打招呼，特许你进去看，请那边的老师教你认中药。"

随后两周，继续去请连大夫把脉，由于改善明显，1个月时间，除第一天晚上流出很多黏稠、深色的东西外，基本没流鼻血，连大夫明确说不用再服药。我一家人都非常感激。

原本以为根治了，没想到半年后，我的鼻血又来了。爸爸的心情也跌到谷底。去向连大夫请教："鼻血为什么又流了？还有办法吗?"

连大夫没有生气，仍然很和蔼，慢慢地、意味深长地说："要不流，也不是完全不可以。只是年纪还小，这么好的苗子，不能那样。"

爸爸琢磨着连大夫的话，又想起连大夫开的方子——

医生如果下猛药，猛加寒凉的，可以将鼻血彻底压住，不再复发，还可以显得医术高超。然而，连大夫开的方子，只有8味药，49元7贴，平均一天才7元，不够买碗面。温和而便宜。

爸爸有点醒悟，试探着问要不要再吃药。

连大夫说：

“是药三分毒。医、药，只能助缘。医和药的作用是帮助激发人体自愈力，只起辅助作用，本质上还得靠自己身体自愈、自我改善。

“‘其脆易泮，其微易散。为之于未有，治之于未乱。不治已病治未病。’青少年不宜用重药，要少用药物、慎用药物，优先采用非药物方法。

“真正治本的办法是改变观念、提高修养、加强锻炼、多做善事。在外面找不到所谓‘神医’。莫向外求。最好的医生只能是自己，最好的老师也只能是自己。”

爸爸听着连大夫的教导，细细寻思：

“如果不从根源上解决问题，强行把鼻血压进去，表面上不流鼻血了，但过段时间，脾胃出问题，再加重，肝肾跟着出问题，还会出精神和心理问题。

“家长不懂，急着到处求医问药。总想走捷径，奢望一劳永逸。一方面，可怜天下父母心；另一方面，可见家长多贪心。”

“多数家长更不知道，小时候不起眼的鼻炎、鼻血，如果不及时调理，或处理不当，累积久了会导致各种毛病，包括西医所说的抑郁症。如今失眠、焦虑、抑郁的人越来越多，很多知名人物都被困扰，还在加速低龄化。”

看我父亲静静地不说话，若有所思，连大夫补充说：

“非药物方法有很多，比如诵读经典、打太极拳、练八段锦、写毛笔字，等等。我每天早晨诵读《金刚经》、练八段锦。16岁就养成了练八段锦的习惯，从头到脚按摩15到20分钟。

“过于劳累，损伤脾胃之气；过于安逸，影响气血流通，也会生病，所以要修身养性，积极养生。晚上临睡前，我还会用热水泡脚，然后再分别按摩双脚涌泉穴81下，搓到脚心发烫……”

说到这里，连大夫挪开座椅，亲自脱下鞋袜示范，用右手掌心(劳宫穴)对着左脚掌心（涌泉穴）用力推搓，再换左手推搓右脚。一边示范，一边解说：

“现在孩子，学习紧张，压力很大，脑瓜飞速运转，往往上热下寒，心肾不交，容易流鼻血，透支严重还会失眠、焦虑、抑郁，每天用力推搓涌泉穴，引热下行，引火归根，心肾相交，释放压力，缓解焦虑，胜过吃药。”

爸爸目不转睛地看着、听着，态度很虔诚。

“因为人体既不会纯寒，也不会纯热，更多是寒热燥湿等相杂，存在这个部位寒的同时，那个部位热的情况。

“药都有偏性，而人是整体，是活体。如果上热下寒，用寒凉药把上热打掉，但下寒更寒了，睡到半夜，脚还是冰的，又影响睡眠质量，形成恶性循环。

“按揉推搓穴位则不同，不打针，不吃药，不侵入身体，风险很小，调动身体内在的能量，内部自动均衡、优化。“身体健康与心理健康关系密切，相互作用，身心都要照料好，提倡五个‘和’——自心和悦、家庭和顺、人我和敬、社会和谐、世界和平。要从自心做起，要敬重他人，与人和谐相处，要与人为善，多服务他人。

“孩子从小就要教好。长大以后，善良就好。人的一生，平安就好。心好行好，命能改好。惜福修德，将来更好。”

估计觉得方法过于简单，爸爸还是很困惑。

连大夫一定能感知到我爸当时的状态，补充说：“我把过你的脉，你以后会很好。”

大道至简，至简亦至难。越看似简单，越少人相信，更少人践行，极少人恒行。搓脚心，够简单了吧？人人都会做，人人都能做，不花一分钱，不需靠别人。但是，有几人相信？有几人去做？有几人勤做？有几人做到东坡居士那样——日复一日、年复一年地做这件简单小事？

天啦，连老师开的方子，岂止那8味有形的草药啊？

在慈祥和蔼、不经意的闲聊中，格物、致知、诚意、正心、修身、齐家、治业、济世——8味无形的心药，方方面面的道理，已经不知不觉、免费开导给我们。

流鼻血的事，我和爸妈，一直都在向外求，盼望能遇到神医，盼望能找到神药，盼望能见速效，求西医、求中医、求土方、求偏方……直至束手无策，茫然无望。

而连大夫，竟然教导我——求医不如求己，体内自有大药；健康要内修，最好的医生是自己；智慧要内修，最好的老师是自己。

我幼升小、小升初时，两次挫折，不受别人待见，也对自己没信心，觉得自己实力不够，进不了好的学校；在初中，也与大多数人想法一样，觉得公办生比不上民办生。

而德高望重的连大夫，竟然说我有慧根，甚至愿意收我为徒，这是多慈爱啊，是多好的一味药啊！

信——最好的药，免费的药，急需的药！

信——找回内在自信，信身体、信自己；“行有不得，反求诸己；本自具足，何须外求？”

信——看到希望！“常善救人，故无弃人；常善救物，故无弃物。”

正因为此，我相信体育会好。别人都说没办法时，我就自己想办法，我愿意去尝试，所以才有了我的机器人。

我的机器人初期有两个重要特征：“航天训练家庭化”和“太极推手智能化”。在改进升级到第5代时，重点增加了“足底推拿自动化”，而“足底推拿自动化”，也正是源于连老师的言传身教。

注：文中所提治疗方法仅为个人观点，仅限于个人使用，不建议盲目学习模仿。

上士闻道，勤而行之；中士闻道，若存若亡；
下士闻道，大笑之。不笑，不足以为道。

——老子

观书有感其一（宋·朱熹）

半亩方塘一鉴开，天光云影共徘徊。
问渠那得清如许？为有源头活水来。

【拾趣】

大学士擦脚心，健脑明目强身

大文豪、大学士苏东坡撰《养生记》载：擦涌泉穴，养生之要术。

宋代陈直撰著《寿视养老新书》指出：旦夕之间擦涌泉，使“脚力强健，无痿弱酸痛之疾矣”。

《苏东坡文集》记载：“扬州有武官侍真者，官于两广十余年，终不染瘴（瘴即疟疾，当地称‘琵琶瘟’），面色红腻，腰足轻快，从不服药。唯每天五更起坐，两足相向，热摩涌泉穴无数（次），以汗出为度。”

有次，苏东坡夜宿和尚朋友佛印处。临睡前，苏学士闭目盘膝而坐，先用右手摩擦左脚心，再换左手摩擦右脚心。

佛印见他一本正经的样子，打趣道：“学士打禅坐，默念阿弥陀。想随观音去，奈何有老婆!”

东坡继续摩擦，等擦热了，睁开眼笑道：“东坡擦脚心，并非随观音。只为明双目，世事看分明。”

东坡大学士所擦脚底心，即足少阴肾经涌泉穴所在。

【小知识】

补给生命的泉眼——涌泉穴

涌泉穴在双足底部，位于足前部凹陷处，第2、3趾趾缝纹头端与足跟连线的前三分之一处；蜷足心时，可看出脚底肌肉形成“人”字纹路，涌泉穴就在这个“人”字纹路的顶点。

它是人体脚部的“黄金点”。根据科学家的计算，涌泉穴与脚的关系正好符合黄金律，即位于脚底的0.618位置上，是脚部的最佳作用点，能够对全身起到很好的调整作用。

涌泉，顾名思义就是水如涌泉。为全身俞穴的最下部，乃是肾经的首穴，是人体的“长寿穴”之一。俗话说：“若要人安乐，涌泉常温暖。”

据现代人体科学研究表明，人体穴位的分布结构独特，功用玄妙。人体肩上有一“肩井”穴，与足底涌泉穴形成一条直线，二穴是有“井”有“水”的上下呼应关系，从“井”上可俯视到“泉水”。有水则能生气，涌泉如山环水抱中的水抱之源，给人体形成一个强大的气场，维持着人体的生命活动。

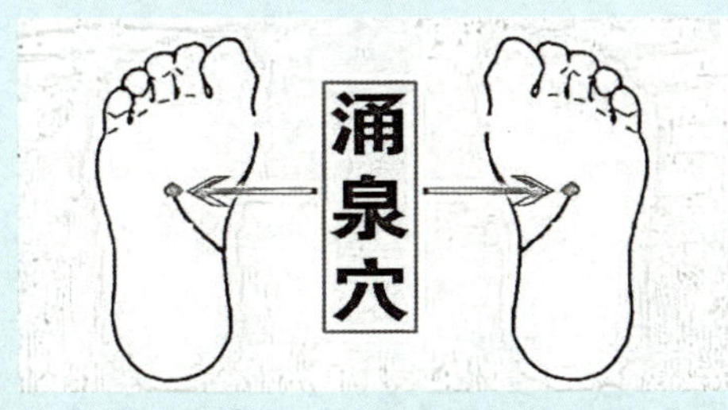

图26　涌泉穴示意图

《黄帝内经》灵枢·本输篇二："肾，出于涌泉，涌泉者，足心也，为井木。"就是说，肾经之气来源于足下，犹如源泉之水涌出灌溉周身四肢各处。

肾是主管生长发育和生殖的重要脏器，肾精充足就能发育正常，耳聪目明，头脑清醒，思维敏捷，头发乌亮，性功能强盛。反之，若肾虚精少，则记忆减退，腰膝酸软，行走艰难，性能力低下，未老先衰。

涌泉穴是肾经的井穴，井穴是属木的，还通着肝。肾藏精，肝藏血，肝肾同源，每天推搓这个穴位可以滋养肝肾、增精益髓、强筋壮骨、健脑明目，可以培补元气，振奋人体的正气，调整脏腑的功能，提高抗病的能力，起到强身保健的作用，还可以提高记忆力、专注力，益智增慧。

涌泉穴的主治疾病：神经衰弱、精力减退、倦怠感、妇女病、失眠、多眠症、高血压、晕眩、焦躁、糖尿病、过敏性鼻炎、哮喘、便秘、腰腿酸软、更年期障碍、怕冷症、肾脏病等。

推搓涌泉穴俗称"搓脚心"，是我国流传已久的自我养生保健方法，之所以能缓解、防治很多种疾病，在于：

1.经络系统是运行全身气血，联络脏腑肢节，沟通上下内外的通路。而俞穴是人体脏腑组织气血输注于体表的部位，它与脏腑、经络有着密切的关系。它可以反映病症，协助诊断和接受各种刺激，从而达到防治疾病的目的。通过推搓涌泉穴，可以达到对肾、肾经及全身起到由下到上的整体性调节和整体性治疗的目的。

2.人类的足底部含有丰富的末梢神经网，以及毛细血管、毛细淋巴管等器官，它与人体各个系统、组织、器官有着密切的联系。通过对涌泉穴的推搓可以加强它们之间的相互联系，有效地改善局部毛细血管、毛细淋巴管的通透性和有节律的运动性，从而促进血液、淋巴液在体内的循环，调整人体的代谢过程。

3.推搓摩擦出现的热感，就是一种良性的刺激。而且推搓过程本身就是一种自我的形体导引运动和身心的修养过程。

摩足心热，则涌泉穴通而血不下滞。——［明］蒋学成《尊生要旨》

秋冬时当暖其涌泉，不伤于心君。——［明］傅仁宇《审视瑶函》

凡人小有不快，即须按摩按捺，令百节通利，泄其邪气。凡人无论有事无事，须日要一度。——［明］赵廷相《摄生要义》

涌泉二穴，精气所生之地，寝时宜擦千遍。——［清］尤乘《寿世青编》

不仅涌泉穴，医学古籍中还有“观趾法”“足心道”的记载。《黄帝内经》中提到脚上穴位，如涌泉、太冲、太白、昆仑、窍阴、内庭等等，不下30余个，并说明这些穴位能分别通达肝经、脾经、胃经、膀趾经、胆经、肾经等人体各脏腑的经络。说明脚部的许多敏感反应点（古时称为“腧穴”），与人体内脏器官有很深关系。

上善若水。水善利万物而不争，
处众人之所恶，故几于道。

——老子

篇五

更大的惊喜

一　突破自我　开始相信

在幼升小、小升初时，两次关键升学惨遭淘汰，从社区幼儿园、公办社区小学，直至公办初中，我们相比民办生，信心严重不足，底气要弱很多。

在自己学校刷点存在感，坐井观天，还勉强凑合；那年中考，有一所民办初中的校平均分，高过我班第4名；有一个班级平均分，高过我班第2名。所以即使在我校得全校第一，当时也很难挤进区里前10、市里前500，所以不敢想象能到市里拿奖，更不敢想全省、全国了。

我第一次信心大振，是在锻炼一个月时，那时引体向上实现了从0到1的突破。

对于其他同学来说，拉一个引体向上，实在是太简单、太容易了，充其量算一小点进步。但对我来说，这一小步，实在是一大步，因为它打破了多年来关于我“不行”的魔咒——同学一直嘲笑我，说我不行，甚至老师也认为我体育不行，而我用自己的办法突破了，说明我“能行”！

说实话，我自己也觉得不可思议，在锻炼前完全没料到，改善竟会这么大、这么多，不仅体育成绩提高、流鼻血问题缓解，而且学习成绩也开始提升！

既然应试任务已完成，还有必要继续练吗？

其实我已经欲罢不能了，因为看到了希望，知道磨刀不误砍柴工，所以沉下心来，继续心无旁骛地练。而且身体状况有所改善，我的心更加安定，学习时更专注、更有耐心，感觉学习也更轻松，效率更高，从而进入良性循环。

另外，以前我怕在人多的场合说话。在稍微大点的场面发言，即使对着稿子念，也会呼吸紧促、舌头打结、声音打颤、身体发抖，很远都能看到我手里的稿纸在颤。初中一年级那次上台前，鼻血狂流不止，还把老师吓到了。

回想起来，两次升学的面试都被淘汰，与胆子小、不自信有很大关系，因为太紧张而发挥失常。现在，我的胆子也渐渐“肥”起来，说话更镇定，即使被老师提问到难题，也能沉住气，或许这就是内在自信在增强吧。

鸡蛋，从外打破是食物，从内打破是生命。

胆子也是，从外打破是害怕，从内打破是成长。

超出指导老师预料、也超出自己预料的是，2016年年底我参加我们市里的科技创新比赛，竟然拿到了二等奖！

还记得在此一年前，我报名2015年度的比赛，连入围的资格都没拿到。

这个奖项，份量超出其他奖项，根据当年的高中招生政策，中考总分可直接加5分，也有机会被市重点高中以特长生录取。

这次的获奖，是我锻炼以来，第二次信心大振——我开始相信：公办初中生也可以站上更高的平台！

图27 信心大振｜九年级上｜2016年11月—12月

当然，老子几千年前就警告说："祸兮，福之所倚；福兮，祸之所伏。"人容易被胜利冲昏头脑，我也不例外。转危为机后，隐患也同时跟来了。

危：体质很弱、常年流鼻血、体育很差、信心不足

转化：不轻言弃、自己动手、自我锻炼、深根固柢

机：体育轻松满分、流鼻血问题缓解、学习开始提升、内在自信提升、获得重要奖项

转化：自己泛起贪念、老师期望和要求抬高

危：心理压力增大，紧张焦虑抑郁，状态明显失常

在获奖和体育中考满分之后，还没来得及细细回味，我就陷入紧张焦虑之中。一方面，是自己的贪心在作怪，想法不再单纯，想追求更好成绩，总想拿满分；另一方面，老师和学校也有了更高的期待，希望我为班级争光、为学校争光，所以关注和压力给得更多了。

这期间，我感觉莫名地烦躁、焦虑、压抑、郁闷，终日昏昏沉沉，胸口像堵着个东西，不舒服。有点害怕考试，害怕老师找我。考试测验时，错误明显增多，常犯低级错误，成绩排名开始往下掉。

老师非常替我着急，多次找我谈话，但状况不仅没有改观，还变得更糟，看到我月考试卷，急得给我爸发信息："他最近脑子不好使，其他同学全都会做的题，他都能做错……"

2017年4月12日，是中考第一次模拟考试的前一天，在我参加我们市科技节组委会委员选拔面试后，爸爸接到我，发现我情绪低落、无精打采。在市青少年宫的大门外，爸爸等我在座位上坐好，问我是不是身体不舒服。

我当时打不起精神，觉得有点累，有些晕，有些闷，自己也描述不清那种不舒服的感觉，我终于鼓起勇气，很紧张、很难受地告诉爸爸："嗯，老师说我最近脑子不好使……"

爸爸和颜悦色地看着我，不紧不慢地说：

"哦，老师也对我说过这事。但是，我不认为你的脑子不好使，我认为你的脑子一直都很好使。这也是老师激励你的一种方式。

"这一点，我比老师要有把握。因为老师要同时管几十名同学，难免有疏漏、有误判，难免也着急、生气；而我观察你的时间更多，所以应该更了解你。那你为什么能把简单题都做错呢？不是因为脑子不好使，而是因为太紧张，心理压力太大，不由自主地多想，简单题会被想复杂，就不会做了，或者做错了。"

爸爸接着说道：

"那你为什么太紧张呢？首先，中考一模对你来说，相当于提前中考，如果这次考得好，就能优先保送。在重大考试前，紧张是人之常情，大家都紧张。中高考前后，生病率大幅提升，就是由于紧张过度引起的。而你已经占了先机，别人比你更紧张，你不需要超水平发挥，只需要正常发挥就行。其次，近期获奖，吊高了胃口，加剧了紧张感，因为你想追求完美、创造奇迹，心乱了，问题就来了。

“老师的急切期待也加剧了你的紧张，因为你还想为老师争光、为学校争光，越想越乱。还有，紧张的问题，越想不紧张，就越紧张，考试时越想考好，就越容易考砸。重大考试，不能指望临时突击，突击会制造更多紧张感。有很多人，平时小考都很好，但一遇大考就考砸，考试刚开始明明已经做对了，交卷前还能把对的改错。还有类似的，考试时间跨度长，或考的门数多，刚开始几门发挥得不错，但最后一两门鬼使神差地犯低级错误，让人大跌眼镜。

这种情况，在奥运赛场也时有发生。有名射击选手，在最后决赛环节，前面几轮成绩，遥遥领先，观众都觉得冠军非他莫属，最后一枪竟然打到别人靶心上——这一枪即使环数再高，打错目标靶，也只能计0分。是不是很可惜？更可惜的还在后面，这位大神连续三届奥运会，都是在前几轮遥遥领先，最后一枪莫名其妙失误，两次为中国队送金牌。

其实，中国射击队以前也有一位‘千年老二’，技术水平世界第一，关键大赛就是拿不到金牌，最后一次参加奥运会时，晕倒在台上，插着氧气管、被人抬着出场。他们技术不行？能力不行？智商不行？准备不足？显然都不是。不是智力、能力问题，而是体力、心力问题。体力、心力的合理分配很重要，定力制胜。要想运气好，‘气’要‘运’得好。固柢小窍门——粗犷比赛喊‘加油’，精细考试嘘‘放松’。

那怎样才能放松呢？这取决于平时基本功，平时积累不足，关键时候很难做到放松；平时勤练基本功，关键时候要好一点；你已经练了7个月的机器人了，在放松方面比没练过的同学有优势。

固柢要诀16字，‘中正安舒，深根固柢；宠辱不惊，顺其自然。’你知道的，练的时候，越紧张、越对抗，越容易掉下来，想法一多，开小差、分心，也容易掉下来，因为都偏离了中正安舒。

这个要诀同样适用于考试，而且这里‘宠辱不惊，顺其自然’，对你至关重要。要把思想包袱放下，要把考试结果放下。只管耕耘，不问收获。不该你的，就不是你的，争也争不到；该你的，就是你的，别人抢不走。做不到‘宠辱不惊，顺其自然’，成不了真正顶尖的高手。

那怎样才能宠辱不惊呢？不是做加法，而是做减法。为学日益，为道日损。减少争光、争面子的念头，减少功利性的念头，减少贪心的念头。不要处处追求极致、追求满分、追求完美，更不要做给别人看，试图表现得完美无缺，试图让所有人赞美你，试图让所有人满意，这样对身心伤害很大。

人会有各种情绪，要懂得及时无害释放。需要发脾气时可以发点脾气，想哭的时候就哭出来，不想做的时候就休息，不要勉强硬憋硬撑。负面情绪积压，像堰塞湖，在疏不在堵，主动泄洪犹可控，被动溃坝是灾难。

“那要减到什么程度呢？最好能一减到‘柢’。”

说到这里，爸爸停了下来，等我接话。

爸爸有条不紊、环环相扣的分析，像把勒在我脖子上的无形绳子，一圈一圈地松了开来，再与我每天的锻炼结合起来，我的注意力被成功引到脚底，想象模拟着锻炼时的那种身体状态，身上渐渐出了一层冷汗，终于舒出长长一口气，胸中郁闷压迫感减轻很多，说道：

“爸爸，我听懂了，一减到‘柢’，固柢的‘柢’，就是减到三条底线，安全>健康>品行。柢是本，不能舍本逐末。中考、保送、争光、脑子好不好使、老师怎么说，都不是‘柢’；过于在意这些，会伤害健康、伤害‘柢’。我现在感觉舒服了些，回学校吧。”

以爸爸的经验，能感觉得到我情绪和身体的变化，知道帮我初步冲过难关了，很高兴地把我送回学校。我这次进校园的脚步，比前几天轻松。

这一个月来，我一直在苦苦思索悲与喜、得与失、善与恶、美与丑、扭曲与真实、滤镜与心境等辩证话题，翻来覆去，颠来倒去，不由自主，这些莫名其妙的念头考试时也会冒出来，在当时的月考作文里也能看出端倪。

迷茫痛苦之中，爸爸适时提起固柢要诀16字，提起固柢家规三条底线（“柢”的内涵：安全>健康>品行），像暗室中打开一扇窗，阳光透了进来，这时我也知道，一个巨大的危机算是初步跨过去了。

据爸爸后来综合分析，我当时那个状态，疑似轻微焦虑抑郁，幸好我已经锻炼了大半年时间，精气神有储备，自己身体具备一定的调节修复能力；而且林老师认真负责，及时发现了异常并及时告知家长。

也幸好爸爸有这方面的经验，根据林老师提供的关键信息，作了比较多的准备。爸爸没有责问我怎么了，更没有冤枉我态度有问题。

我自己当时要是知道怎么回事，也就不会发挥失常了。所以爸爸做的，是先帮我放松下来，让我明白这不是我一个人独有的困境，很多人遇到过，减少恐慌情绪，然后引导我把困住自己的无形绳索逐渐解开。

如果老师或家长处理不当，那次的身心伤害可能很大，并将留下重大隐患。防患于未然，太重要了！

随后两天，中考一模。我照常早晚锻炼。每门课开考前，我都先按照用机器人锻炼时的方法端坐几分钟，心里默念几遍固柢要诀。考试时发挥基本正常，整体状态比前次月考要好。

考试的第二天，已有不少同学顶不住压力，还有现场崩溃的，有的在哭，有的在闹。从公布的成绩看，不少同学出现明显失误，没有发挥出应有的水平。

我的各个单科成绩，优势并不明显，还有2门单科有小失误，排在10名开外，由于我基本稳住了，没有哪科出现重大失误，总分排到全校第1名。老师还说在全区排第4名，也是我们学校在区里的总分排名新纪录。

[illegible]验学校2017届九年级下一模

班级	姓名	语文	数学	英语	科学	文综	语年排	数年排	英年排	科年排	文年排	总分	年排
1	姚前	97.5	117	112	154	40.8	11	2	4	1	10	521.3	1
1	[illegible]	91	115	110	142	45.8	47	6	9	15	1	503.3	6
1	[illegible]	86	113	112	145	40.8	92	15	5	11	10	495.8	12
1	[illegible]	94.5	108	110	148	35.8	22	35	9	6	68	495.3	13
1	[illegible]	94	111	106	129	40.5	24	25	28	56	13	480	25
1	[illegible]	98	115	96.5	132	36.8	8	6	80	52	56	478.3	30
1	[illegible]	88.5	105	113	135	37	76	51	3	40	49	477	32
1	[illegible]	83	112	104	136	40	106	19	42	37	18	475	35
1	[illegible]	92	115	90	142	36	41	6	99	15	64	474.5	37
1	[illegible]	89.5	107	104	121	37.3	62	40	42	82	45	458.8	53

图28　中考一模考试成绩｜九年级下｜2017年4月19日

自己当然也高兴，但与前两次不同，前两次是信心大振，这次度过一场危机，更多是庆幸和敬畏。

我知道，锻炼后，不仅身体素质层面有提升，精神心理层面也有提升，而且未来还有很大提升空间。

如果说前两次的信心大振，打破的是外部环境施加的“魔咒”，那么这次的信心提升，认识的则是我自己内在隐藏的“心魔”。想到此，惊出一身冷汗！

【拾趣】

九年级上 作文：《相信》

考场上，奋笔疾书，只是仍然难以快过时间的飞逝，不知不觉，时间就已经过半。

老师尽着自己的职责，一遍一遍地看着考场。每当老师经过我的身边，我的心就会莫名地刺一下，提醒自己要加快做了。虽然这只是一次小测验，但也不能忘了要细心仔细。我四处张望，所有人都在低着头，没有除了圆珠笔滚动和翻动试卷外的任何声响，老师很快注意到了我的不认真，向我示意，我也低下头去。

左边一个人影进入了我的视野，转头，看到是监考老师走了过来。老师只是紧紧地看着我的试卷，也不说什么，只是翻了一番，就去看下一个人的试卷。我暗暗推测，老师是发现了我的错吗？我在疑惑中做完了最后一题，之后我赶紧翻回老师看过的那几页，想要看看老师究竟发现了什么。

“大家都还要认真检查，我看了一圈，没有谁全部做对的。”老师喊了一声。听了这话，我更加焦急地看着试卷，希望找出错误。既然老师那么认真地看过我的试卷，还说每个人都有错，我一定还有错吧。可是每一题，都好像做得很正确。我再三翻看疑似被老师看到的那几题，却根本找不出不妥之处。也许是我水平太差吧。我脑中一个想法出现：不能为了这几题而放弃其他的题。我赶紧回过头来看其他的题，可是也没看到什么错误。我开始指责自己之前的想法，但指责又有什么用呢？

直到收卷，我也没找出那个或那些“错误”。交完卷，我的心中难以平静，仍在想着自己有什么错。这时，有一题在我脑中闪过，似乎做错了。

分数出来了，我全对，我不敢相信，可是全对似乎也是可以接受的。我在这时才明白，那句“没有全对”只是一个让我们好好检查的激励，而在那一瞥间老师也并没有仔细思考。

有些时候最值得相信的是自己。

——摘自作文集《树的思考》2016年10月

【拾趣】

九年级下 2017年3月月考作文：《滤镜》

我们都有一片滤镜，能在胶卷的影像下添加独特的效果。

外面的景象，就更多由它来决定。而我们，可以随时改变这一片滤镜。

同样是相同的景色，我们或喜或悲，主要就是因为滤镜的不同，也就是我们的心境不完全一样。

同样在春天，看到美景，白居易有感而发，写下“几处早莺争暖树，谁家新燕啄春泥”的美好诗句；而国破家亡的杜甫，面对美好的春光，只是发出“感时花溅泪，恨别鸟惊心”的凄惨感叹。

我们所能看到的美景，不可能全是至善至美，总有瑕疵，也总有带给人们悲凉和唤起痛苦的能力。也许瑕疵被过滤，也许不美好会被放大。呈现在我们脑中，景物就有所不同。

曾经身为四害之一的麻雀，因会吃粮食而被大肆捕杀。我们的滤镜，放大了这一点，麻雀就成了人人喊打的对象，直至后来放下了敌视滤镜的我们才发现它们是害虫的克星，才重新对待它们。只是换了一片滤镜，就发现曾经厌恶的，并不是值得厌恶的。我们所厌恶的，只是自己所看到的、扭曲了的景象。

我曾经喜欢过的一本书，当我在失败气馁时去读，就发现它的滋味大减，给我的不是激励而是打击，书中的故事不是励志，而是对我的嘲笑。书没有什么改变，只是我变了。

人的心若是宽了，平了，自然会忽略一些污点，一切都是美好。而若是没有这样的心态，有些东西就会失真、扭曲，失去了美好。

若我们想清楚真实地看到周围的一切，就需要有这样平静、没有波纹的心，挡住不必要的污点，而不把景象扭曲。

我想有一片这样的滤镜，只怕过于平淡，没能放大细节中的美，没能隐去那些仇恨和恐惧。

但真实，总比扭曲有好的地方。

(2017年3月月考作文，4月4日重新修改)

善有果而已，不敢以取强。

果而勿矜，果而勿伐，果而勿骄，果而不得已，果而勿强。

——老子

二　有惊无险　放飞身心

由于对我而言最难的体育成绩，已经拿到了满分，在一模考试中整体发挥还算正常，我已将择校主动权掌握在自己手中，优先保送已无大的悬念。中考第一次模拟考试于2017年4月14日结束，这一天，距离2016年6月14日升学警报拉响，正好10个月。但那仿佛就发生在昨天。

这10个月里，通过用我的机器人锻炼，我从体育“学弱”到体育满分，从鼻血频发到自动缓解，从焦虑抑郁到学会放松，从升学告急到优先保送。有惊无险，转危为机。

图29　推荐保送、中考加油｜九年级下｜2017年4月24日

2017年4月24日晚上，学校召开保送推荐生择校大会，按照成绩总排名顺序依次选择，老师、同学、家长们共同见证。我由妈妈陪同着率先上台，在最向往的高中——杭州第二中学(滨江校区)一栏，郑重签下自己的名字。全场掌声雷动！

[illegible]学校保送推荐生成绩公示

编号	姓名	文化课成绩	体育加分	竞赛类总分	荣誉类总分	德育评分	社会实践得分	总分	排名
1—1	[illegible]	370.25	5	0	0	5	3	383.25	85
1—2	[illegible]	347.82	5	0	0	5	3	360.82	104
1—3	[illegible]	300.76	3	7	0	5	3	318.76	119
1—4	[illegible]	378.51	5	1.5	1	5	3	394.01	68
1—5	[illegible]	412.22	5	8.5	3	5	3	436.72	28
1—6	[illegible]	353.20	5	0	3	5	3	369.20	100
1—7	[illegible]	363.71	5	10.5	0	5	3	387.21	76
1—8	[illegible]	355.93	5	0	0	5	3	368.93	101
1—9	[illegible]	398.11	5	12	5	5	3	428.11	35
1—10	[illegible]	384.22	5	3	1	5	3	401.22	65
1—11	[illegible]	432.44	5	12	5	5	3	462.44	3
1—12	[illegible]	414.98	2	9	3	5	3	436.98	26
1—13	[illegible]	400.87	0	6	5	5	3	419.87	40
1—14	姚前	441.16	5	12	5	5	3	471.16	1
1—15	[illegible]	425.20	3	12	5	5	3	453.20	10
1—16	[illegible]	399.31	5	2	3	5	3	417.31	46
1—17	[illegible]	389.49	5	3	2	5	3	407.49	57
1—18	[illegible]	371.82	5	0	1	5	3	385.82	81

图30　保送推荐生成绩公示｜九年级下｜2017年4月24日

回头分析发现，体育达到满分，对我这次升学至关重要！

前文也提过，在我们学校保送推荐排名计分中，体育影响权重特别高：

1.“三年内所有考查科目总评成绩合格”是获取推荐资格的必备条件之一；

2.体育中考获30分者得5分，获29分得3分，获28分得2分，获27分得1分，获26分及以下不得分。

当年前四所重点高中，分配给我们学校的保送名额只有9个，推荐生排名第10的那位同学，咬牙放弃了第五所重点高中的保送机会，多奋战了2个月，还好后来成为学校的中考状元。

中考成绩在班上排名第2的那位同学，因为体育26分，推荐排名时被计为0分，导致推荐排名屈居第40，而当年重点高中前8所名额只有17个。体质本来就弱的她，也只能再继续透支2个月。

话题再回到我自己。按规定，保送推荐生，还需通过相应高中学校的综合能力考核（录取资格考试），才能成为真正的保送生。保送推荐当天晚上，我们就收到了专门针对录取资格考试的培训机构的招生广告，培训费用大约是10天3600元。

推荐名额来之不易，我可不想让煮熟的鸭子飞走，所以想去参加这个培训。多数事情，爸妈都会尊重我的意愿。但这个培训，妈妈当场明确反对我报名，态度很坚决。

妈妈说："如果在资格考时就被刷掉，说明这所学校水准太高，对你不合适。与其进去跟不上，不如早点被刷掉，何苦突击培训硬挤进去?"

想起有些时候想买书，妈妈没有及时给我买，爸爸会帮我敲敲边鼓。我便带着求助的眼神看向爸爸。

爸爸说："妈妈并不反对课外培训。好的培训，对需要的同学是好的，参加培训，要看个人情况。时间、精力、兴趣、经济条件，需要适合、适度。记得固柢家规吧?"

这种观点在我家不算奇怪。从幼儿园到初中，除了附近的英语口语外，我参加的课外兴趣班，基本都是青少年宫主办的，还有就是各种好玩的创客活动。

我非常喜欢青少年宫的课外兴趣班。那边的绝大多数项目都很抢手，报名时不一定能抢到。我参加的项目，一般一周一节课，寒暑假可能有几天连一起的短期课程，主要有国际象棋（幼儿园中班～5年级）、欢乐轮滑（幼儿园大班）、海陆空模型（2～5年级）、数学思维训练（3～7年级）、理化实验（5～7年级）、少年文学院（6～7年级）。

家里对兴趣班报名有约定——每周至少空出一整天，防止时间被塞满；如果没兴趣了，想停可以停；兴趣班来不及做的作业，可以不做（有些数学训练作业就没做）。

其中，国际象棋的时间跨度最长。妈妈说我要强、不服输，所以建议我去磨磨性子，接受输赢挫折教育。每周也就1节课，显然没想把我变成专业选手，到五级棋士时就没再继续了。水平不算高，没想到在三年级时（2010年5月3日）获得我们区里小学乙组个人第一名，也说明这个项目冷门，因为奖项无助于小学升初中。

热门的理化实验项目，我却没抢到名额。但我很想参加，在少年宫门外依依不舍地磨蹭着。爸妈看出我的心思，说："没抢到名额，爸妈没办法呀。你既然这么喜欢，要么自己再去试试?"

我真就一个人去找到负责报名的老师，满怀期待地问道："老师好，我没报上名，但我还是很想参加，请问可以吗?"老师有些诧异，打量了我一会儿说："好吧，老师帮你特批一个名额，你肯定会学得很好的。"后来打听到这位老师名叫窦晓君。

就这样，原来错过机会的我，在素不相识的好心老师的帮助下，也可以参加理化实验了。回家的路上，爸妈那个心花怒放呀，反复说这位老师人真好、有爱心、有眼光，呵护了淳朴的好奇心。

当然也反复表扬我，强调说这件事只有我自己能做到，因为当时那种纯粹、真诚的向往，别人无可替代，如果家长替孩子出面，反而不纯粹了。另外也说，很多事不是完全没有机会，而在于是不是真爱，真爱可以创造机会。

通过这件事，我还明白了另外几个道理：

1.世上好人多，哪怕素不相识，也可能会帮我们；

2.我自己也要主动帮助别人；

3.不要自我设限，即使别人认为行不通，自己也可以想办法试一试，说不定另有蹊径。

有段话，不记得是谁说的，也对应了我当时的心境：

“请保持你心中的光，因为你不知道，谁会借你的光走出黑暗；请保持善良，因为你不知道，谁会借你的善良走出绝望；请保持你的信念，因为你不知道，谁会借着你的信念走出迷茫。”

再说保送相关的那个培训班，最后当然就没参加。留出一段空闲时间也好，看看书，顺便帮学校做点小事情，也包括受邀分享经验、偶尔配合学校做些宣传。自由自在，放飞身心。

关于学校，浙江工业大学幼儿园、彩虹城幼儿园、杭州彩虹城小学、杭州高新实验学校，我都非常喜欢，尽管小学和初中是当时别无选择才接受的，现在看来也都非常适合我。不仅我喜欢，爸妈也觉得很好、很适合我。

学校每次开家长会，爸妈都一起参加，场地不够大的话，一位在前面坐着，另一位在后面站着，或者在校园里逛逛。爸爸概括对学校的印象是：重视德育，重视文化；科技特色，鼓励创新；家校互动，暖心贴心；不唯考分，留有余地。

2017年5月7日，保送生综合能力考核；5月8日公布录取；5月9日入校，我正式成为杭州第二中学（杭二）高一学生。

也是这一天，我才知道，7月6日还要进行一场分班考试。我还听到一个段子：原以为进了杭二，就是顶楼了；进到顶楼一看，才知道还有阁楼（实验班、竞赛班）；没几人知道阁楼什么样，听说阁楼还有十八层，比如，阁楼里早有省招生提前入住了，还为中考学霸大户预留了VIP包间。

图31 高中入校｜新高一｜2017年5月9日

我想找人问问，分班考试是怎么回事，大致考什么内容，要怎样准备，有没有地方培训等。但也不知道该问谁，我初中的学长里，还没谁进过阁楼。爸妈对这方面也不了解。

爸爸不失时机地提醒："你看啊，本来还在为录取担心，现在录取了，更要知足，分到哪个班就进哪个班。要调低期望值，做好进去垫底的思想准备。"

妈妈在旁边嘀咕："也不至于倒数第一吧？"

爸爸："家长心情上不愿意接受，实际数据上还是可能的。全市初中毕业生25000名，二中计划招生576名，录取分数线最高，也就是说只有全市前2.3%才能进入。

"招生名额中，除了保送的，基本上被民办初中包了，公办生很难抢到，何况还有省招生已捷足先登，所以在二中垫底也正常，总得有人垫底。

"你刚开始垫底，哪怕倒数第一，也不需要紧张着急，一口吃不成胖子。只要继续锻炼，把身体练得更好、心态练得更好，就有了最大的本钱。有了本钱，效率更高，你一步一个脚印，稳扎稳打，肯定能逐渐追上并反超大部分同学。

“可以这样设想，第一年不被甩掉，第二年主动粘上，第三年实现反超。你今年也体会到了，学习是持久战，智力、能力大家都高，体力、心力才是决定性因素。”

听了爸爸的“垫底理论”，想想也是呀，好不容易爬上顶楼，气还没喘上一口，不到2个月时间，怎么挤得进阁楼？还是先把气喘匀吧。

都说“不怕同学是学霸，就怕学霸过暑假”。那我这额外空出来的2个月做点啥呢？大致盘算了一下：

1.做锻炼，这已经是每天的习惯，假期里再把练习时间增加一些，补充学些太极相关的理论知识，进一步优化提高；

2.读经典，每天可以多读一段经典文字，大声诵读；

3.做饭菜，这段时间待在家里，中饭需要自己做（爸妈旁敲侧击过，与其等着被安排，不如主动揽下来）；

4.自学高中课程，入学那天看到了高中有必修1、必修2，请妈妈帮忙先买几本，当闲书看起来；

5.出国游，我还没出过国，八年级暑假时学校组织国际游学，我想去，爸妈没支持，这次是否支持呢？

第1项至第4项，即做锻炼、读经典、做饭菜、自学高中课程，显然没有悬念地大受爸妈赞扬。

第5项，关于旅游，爸爸的意思是：出国游，成本较高，最好由我以后自己创造机会去。另外时间太仓促，近几个月体育满分、鼻炎缓解、比赛获奖、中考一模、保送二中，喜事连连，要居安思危，防止乐极生悲，近期不宜出国显摆。

爸爸一贯节约，一通大道理下来，好像也找不出什么破绽，又搬出“安全”法宝（固柢家规第一条），那基本上也就这样了。

作为替代方案，爸爸建议，等妈妈放暑假时，一家人来一场“优秀传统文化寻根之旅”——老子故里、庄子故里、函谷关、武当山自驾游。

妈妈在旁边打趣：“嗯嗯，再找找看，说不定还有比这更便宜的出省游。”

看爸爸好像早就想过这个方案，再说这一年从经典智慧中受益这么巨大，我和妈妈也就不反对了。妈妈说也不用等到她放暑假，可以先安排周边游。

6月3日上午自驾去苏州，6月4日傍晚回。在苏州吃过晚饭，爸爸还在车里小睡了一会儿。这是他的安全习惯，刚吃饱饭，不会立即开车上高速。在高速上，爸爸一路也开得比较慢。

大约开到半程时，右前方一辆车突然方向摇晃，斜窜到我们车道，跟着又突然刹车。爸爸反应迅速，用一连串动作紧急避开那辆车，我们一家人也都惊出一身冷汗。

爸爸估计开那辆车的司机在打瞌睡，才会有那么怪异的行车路线。如果我们当时车速稍微快一点，如果爸爸注意力不集中，反应稍微慢一点，结果会多么可怕！

这场亲眼看到的小插曲，让我深刻体会到，居安思危可不仅仅是省钱。然后我们一致决定，将原定的自驾出省游，改为乘高铁出省游。实际上这趟出省游计划，当年也没有实施，因为后面另有新任务。只是在6月底临时游了趟兰溪诸葛八卦村。

图32　自助游苏州｜新高一｜2017年6月3日

6月25日，初中班级毕业晚会。同学们又想起我体育从0分到满分的“奇迹”，还了解到是轻松实现的，就有同学也想这样练，几位家长一起凑钱众筹，预定我的机器人。

7月份又有几位高中新同学要求一起参与，这个暑假我也就又多了一项工作量很大的重要内容。由于怕精力不够，第一批只接受了10位同学参加，持续到8月底圆满完成。这次同学众筹，对机器人的优化提升帮助很大。

回头来看，这两个月的空闲，天马行空，自由自在，放飞身心，是非常宝贵的经历！

为无为，事无事，味无味。
大小多少，报怨以德。

——老子

【珍藏】

爸妈写给我的一封信

2014年11月下旬，初一年级有一个安排：学生与家长互致一封信，封装起来交给班主任保存，在初三毕业时发还。我写给爸妈的信，前文已提到过。爸妈写给我的信，我直到初中毕业才看到。

图33 互致一封信｜七年级上｜2014年11月20日

给孩子的一封信

亲爱的儿子：

我们每天在一起，转眼就已经13个年头、近4700个日夜了，真是快呀。根据你们学校老师的建议，今天我们给你写一封信，以便存放到学校，等你初中毕业时再阅读回味。

从小，你就很棒！不挑食、不贪食，有良好的生活习惯；安全、健康意识高，还经常提醒帮助他人；爱学习、爱动手，想象力很丰富；如此等等，优点很多很多！当然了，“窘”的插曲也有一些：脾气有些急，饿了猛吸牛奶，脸都涨红了；有些好强，打球、打牌，输了会不服气，甚至流点“猫尿”；爱好问无数的为什么，还喜欢出些刁钻的题目，直到把我们考倒才善罢甘休。

如今，你已经是七年级的小帅哥，更加棒了：做事没有那么着急，心态更加平和，能接受“精彩极了，糟糕透了”的评价；待人待事更加宽容，看待问题会全面分析，不再非对即错；对长辈很真诚地打招呼，对帮助你的人真诚地说谢谢，经常赞美他人的优点、关心他人的感受；富有爱心，乐于助人，知道感恩与奉献。看到你写自己信奉的格言是“非淡泊无以明志，非宁静无以致远”，爸爸一阵窃喜，妈妈很是惊讶，小屁孩居然已经有这么高的境界了！

每天看着你生活中的点点滴滴，是我们最幸福的事。最近一段日子，你天天惦记要买辆自行车，天天等待新的《博物》杂志，每天睡觉前为小苔藓喷水。你还做了初中三年规划，还在筹划一场厦门旅行。有太多美好的事情值得我们去期待、去付出！三年后，在你读这封信时，还记得这些快乐的小事吗?

你对自己要求很高，学习认真努力，争取考试高分，力争排名领先。有志气、肯用功，当然是好事，你能取得好成绩，爸妈会为你高兴。同时，爸爸妈妈也希望你能明白，除了“安全、健康、礼貌”三原则一如既往地不容挑战外，爸妈对你没有太多的要求和奢望，只希望你能：感恩生活，享受生活，做一个快乐的人！在你3年后读这封信时，不管你的成绩如何、排名如何，爸爸妈妈都是一样地爱你。

未来，不管你考上怎样的高中、怎样的大学，不管取得多大的成就，无论好坏，我们都可以一起想想这段别人写好的文字：

“每个孩子都是一颗花的种子，只不过花期不同。有的花，一开始就灿烂绽放；有的花，需要漫长等待。不要看着别人怒放了，自己的那颗还没动静就着急，相信是花都有花期。细心地呵护自己的花，慢慢地看着他长大，陪着他沐浴阳光风雨，这何尝不是一种幸福？相信孩子！静等花开！也许你的种子永远不会开花……因为你是一棵参天大树！”

祝你快乐！

爱你的爸爸、妈妈2014年11月20日

【珍藏】

一封家书(2016.1.19)

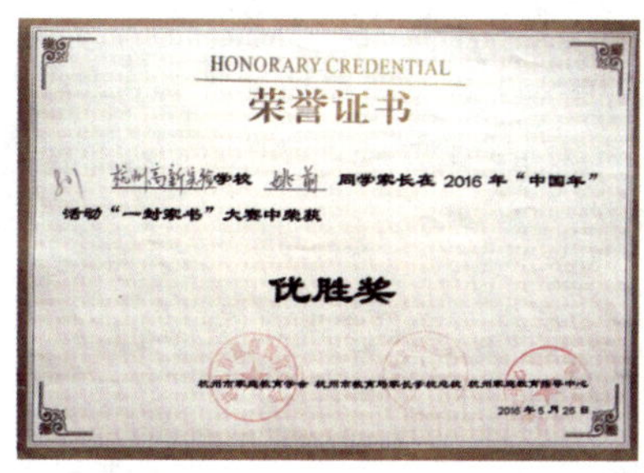

HONORARY CREDENTIAL

荣誉证书

杭州高新实验学校 姚蔺 同学家长在2016年“中国年”活动“一封家书”大赛中荣获

优胜奖

图34　一封家书获奖证书｜八年级下｜2016年5月26日

亲爱的儿子：

你好！你是不折不扣完成寒假作业的好学生，我们家长也得好好完成这份作业，免得拖你后退，哈哈！家书你可是催了好几次，就像我们问你“寒假接近尾声，你的功课有没有完成?”一样。

其实，春节期间大家一起看书、一起看望长辈，抑或一起美食、一起玩笑，这就是一封封平凡又动人的家书，记录了我们一起的幸福时光，我们是相亲相爱的一家人。

寒假里，妈妈深深感受到了你的一些小变化，应该是成长中的进步吧，不单是学习功课上的。不要小看这些，在我和你爸爸心里这些远比考试多几分更重要，尽管你现在可能还没意识到。

比如最近要求你每天洗碗，你欣然接受，虽然不太熟练但也做得一丝不苟。爸爸要求你诵读《黄帝内经》的任务也能主动完成，回头看看厚厚的一本也能读去大半本。

还有上周去医院检查视力，你自告奋勇说："妈妈我去付费，我跑得比你快!"于是挂号、付费你跑上跑下，都自己完成了。

每次妈妈上街买东西，你都抢着提上最重的那袋，还轻松地告诉我："我觉得不重呀!"儿子，其实你这句话在妈妈眼里还原的解释应该是：你已经长大，是个更有担当的小伙子了!

夸了你好多，有没有觉得不好意思啊?

真快，新的一学期快要开始，我们都要投入紧张的学习工作，当然还要重复下我们的原则：安全、健康、礼貌还是排在前列哦!

新的开始，不提点要求似乎缺了点啥，尤其是家书这类，妈妈印象中大名鼎鼎的"李鸿章家训""傅雷家书"啥的都是家书中的典范。我的这个家书怎能跟他们比，不过我们生活在更好的时代，已经很幸运了对不对? 儿子，像你这么上进的孩子对我们来说，又是让我们尤其幸福的，尽管有的时候也会唠叨你，烦你。

学习上可以不要那么计较分数，享受其中的过程，坦然面对解难题时的百思不得其解，或解决后的恍然大悟，那都是一种经历、一种乐趣。

热爱学习，更热爱五彩生活! 最近你不是在读梭罗的作品吗? 把里面序言的一句话送给你，也祝我们全家幸福安康，新年进步!

"放开脚步，步入鸟语蛙声之中，步入潺潺流水和蒙蒙春雨中，让我们的心灵从城市的喧嚣里解放出来，享受自由!"

姚前的妈妈 2016年1月19日

【分享】八年级上 竞选学习部职位

竞选海报文字（1）

大家好，我是来自801班的姚前，在班里担任学习委员，这次我想来竞选学习部的职位。

我学习成绩不错，而且乐于帮助同学一起学习，这次我来竞选学习部的职位，就是也想让大家能够一起好好学习，取得更优异的成绩。

虽然我不是很擅长组织活动，但我也会尽自己所能，为大家策划学习上的活动，让大家也能喜欢这些学习部的活动，不再把这些活动看得枯燥乏味。我一定能让大家对学习部的活动也十分满意。

大家也一定十分关心老师的拖课和作业量的问题。我愿意在这个方面帮助各个班级的同学，了解情况后我肯定会去解决，让老师少拖课，作业控制在正常范围内。我希望大家在学习之余，也能有休息的时间。我们现在正是长身体的年纪，一定要保持充足的睡眠和锻炼，才能让我们的身体更加健康，让我们学习的根更加稳固。

（2015年10月25日）

竞选海报文字（2）

我是来自801班的姚前，我要竞选的岗位是学习部部长。

热爱学习、快乐学习是我的风格。若我能当选，我一定组织好活动，传递高效、快乐的学习理念，让我们在紧张学习时，感受其中的乐趣，让我们在轻松的活动中感受知识带来的无穷力量。

选我，选姚前，就是选快乐学习，天天向上！

（2015年10月30日）

当选后一句话简介

大家好，我是姚前。现任学生会学习部长。我喜爱学习，乐于帮助同学解决大家的问题。

我认为学习是一件快乐的事情，只要我们爱上学习，并且一直保持乐观的心态，那么学习也会爱上你，也会让你能越来越乐观。

（2015年11月21日）

【分享】给八年级学弟学妹们的一些话(2017)

暑假安排

其实暑假不需要太着急去学九年级的内容，九年级上课认真学，跟上节奏没问题的。

最基本的是要认真完成暑假作业，最好不要留到最后一周再做，暑假的前半部分也不能太过放松。

暑假一般来说不会太忙，总是会有些空闲时间的。在空闲的时候，我的建议是拿几本书看看，给自己定一个阅读计划，在暑假里做一些积累也放松一下心情。

当然这里推荐看那些文学类书籍，其对以后的语文学习也会有很大帮助。能力强一点的看看古文也很好，古文看多了会发现文言文很简单，也很有趣。看一些英语或者科普的书也是好的选择。

关于补习班，我建议在暑假里补一补自己薄弱的、之前落下的那些科目，先把基础打好。九年级的东西要想学好，七八年级的功底要扎实。暑假正是这么一个巩固先前内容的时期。

如果想要预习九年级的内容，可以选择先看一看九年级的课本，可以再做一下课后的练习题，对课本内容稍熟悉就行，不需要会做所有的难题，那些难题可以等到上课时再去完全弄懂。同学们可以趁暑假锻炼好自己的自学能力。

暑假期间虽然会很热，但大家也不要躲在空调房里不出来，体育锻炼还是需要的，不久之后你们也将迎来体育中考，提前作一些准备是很需要的。

九年级安排

同学们到九年级之后会变得比之前忙碌。在忙碌中最重要的就是把握好自己的节奏。

双休日已经适应了什么课程、安排好了何时学习，就不要有太大的变动，或是在九年级初就赶紧适应好。

安排的更改一定会带来紧张和不适应。包括学习方法，我也推荐同学们尽量使用先前已经熟悉的。突然之间插入的新内容容易打乱自己的节奏，也可能让双休日后接下来的一周效率不高。

主要的学习，首先要跟上老师上课的内容。想要课外提升的话，可以咨询一下老师有没有适合自己的练习题或是补习班，老师对我们更加熟悉，更能给出好的推荐。自己寻找资料课程不一定适合自己，太难或者太简单，效果都会不太好。

每天上课前，我觉得如果没有时间预习，也要翻翻新课内容，大概做一个了解，上课时就能更快进入状态。

课后回家也建议翻一翻笔记，虽算不上复习，但也能让同学们对那些上课只顾着抄没有看过、没有理解过的笔记有一个熟悉的时间。

九年级体育运动的量也会加大，大家也需要预留出一些时间准备体育中考。

考试考差了，不要慌张，要自己静下心分析原因，不要因一次考试考好或考差而或喜或悲。平和的心态对学习更有益。

语文

语文重在平时的积累，暑假一定要多看点书，多积累知识。

对于阅读题，在了解题技巧之后，我一般都会自己做题练手，自己对答案，找一个自己做阅读的好感觉。寻找答题的方向，也要看清楚问题的问法，找对应的解决方案。一般来说，阅读的方向对了，就不会错很多。

基础、那些要背的东西，也不能落下。

数学

数学其实可以大致分成几何和代数两大块。

几何，我同样倾向于做题找感觉，做了难题之后，一定要整理方法，最好记录一下。

我觉得如果整理错题来不及，这种整理思路的，一定要拿个笔记本记下来，考前看看。特别是那些不太能想到的辅助线添法，可以自己先记下来，再去悟一下。如果有一题多解，也不要忽略了其他解法，也要认真听一听方法和思路。

代数方面，遇到难题时，特殊值或者找极端的例子，也是一个好方法（当然对于几何也适用）。如果遇到那些代数和几何结合的题目，要想着换种方法，有些几何题，用平面直角坐标系就能很快地解决。

英语

英语也要注重平时的积累，单词、词组、句式，最好都能每天积累一点。

大声朗读课文也是个好习惯。不要不好意思读出声，读错没有什么关系，大声读，还能让自己发音错误或者读错的地方，更容易被纠正。

英语语法，最好也弄个小本子记一记，方便以后需要的时候查看，单纯记在书上或者纸上经常会找不到。

英语作文，可以提前背几个好词好句，考试一开始就先写下来，到时候写作文时如果能套用就把好词用进去。

物理

物理，可能比较难的就是电学，八年级关于电的知识部分要学好，不然九年级会很麻烦的，因为加了电功率。别的，光学这些，也可以没事去看看，免得忘了。物理题容易设陷阱，题目要读清楚。

生物、化学

生物、化学，重要的是要表述清楚。平时订正作业，不要偷懒。遇到表述的题目要认真地写完，订正这些题目时，也要注意自己漏写了哪里。化学反应不要靠背，而是最好要能理解化学反应背后的原理。

文综

历史，主要还是靠背。当然有兴趣的话，背就能轻松很多，多听点历史故事，可以提升对历史的兴趣，看看课本内容中有趣的细节，也挺好玩的。

地理，由于是七年级学，比较容易遗忘，多去看看七年级时那些地理书、地理题，不要太快遗忘。

思想品德，主要也是记忆，但是要求记得准确没有偏差。很多时候一个字不同，对于思想品德来说就会是对和错的差别。对于这门课的题目，最好对照一下书本或者自己整理的内容，一个字、一个字地看过去。

文综比较重要的是读题和读懂题，多接触一些题型会很有用，一般来说，跟上老师的进度、完成作业就行了。订正的时候，不要只顾着抄，也要看看自己是哪里没有答到。

文综老师可能会布置比较多的看书作业，看书不要就一眼扫过，画一画重点，看得慢一点，多消化一些内容。不然到做题时，你会发现看了书和没看没有什么区别。

体育

体育30分，占的分值很高，提早练基本上可以保证拿到分。

但是不能最后一个月再拼命练习，这样既没有满分保证，而且容易训练过度弄坏身体，考前如果再生个病可就完蛋了。

所以要做的就是提前开始准备。

觉得跑步成绩不能满分的，暑假赶紧去练习游泳吧；觉得实心球成绩没希望的，改练引体向上或仰卧起坐，还来得及；引体向上的话，去买根杆子，每天花个两分钟拉几下，坚持半年肯定没问题；跳绳也应该每天家里跳至少一两分钟，不必多，但对维持身体的状态很重要。

(2017年6月16日学习座谈会，分享底稿)

【拾趣】

九年级下 受访稿：初中学校印象

杭州高新实验学校，给了我知识，让我发展了自己的兴趣，也让我更加健康，学到了做人的道理。

高新实验学校的学习节奏，对我来说很合适，没有双休日的补课，却有春秋游和其他一个接一个有趣的活动缓解我们的学习压力，使我能够轻松地学习。

年轻负责的老师和乐于合作的同学，也给我的学习注入了更多动力，我们班的王同学和我学习成绩差不多，我们就经常互帮互助，一起学习，有了不会的数学题就一起交流。

在小组的合作学习当中，小组的成员都有各自的分工，上语文课时，老师会让我们各组赏析不同段落，最后集中汇报。通常我会为我们组做发言，我的表达能力也就因此有了提高。

这样的学习氛围轻松而又不失条理，我也得到许多发展自己兴趣的空间。学校的社团和比赛组织都做得很好。我也因此在课余时间里发现了自己科技创新和电脑编程的爱好。

相对轻松的学习氛围，不只让我有时间培养兴趣爱好，也让我的健康得到保证，每周绝不会被占用的三节体育课，在体育中考结束后仍然没有取消，我还是在每节体育课和同学们追逐玩耍。

活动课上，老师也经常组织我们进行体育活动。拔河、接力跑、跳长绳等，这些活动不必等到运动会，也可以在我们操场上看到。如在大课间的跑操，老师们为了鼓励我们，也常常跟着我们一起跑，同学们不但锻炼了身体，跑步时和老师一起也十分开心。

学校的德育活动也有很好的组织，每周晨会上都会有同学激情的演讲。校长平时下课也经常在走廊里教导我们。一次我看到校长在扶被风吹倒的展板，我和旁边的同学也一起加入进去，扶起展板，并把展板摆放整齐。

学校里的老师对我们每个同学都给予了关怀和教导，让我们的初中生活丰富多彩。

（接受电台采访底稿 2017年6月6日）

我有三宝，持而保之：

一曰慈，二曰俭，三曰不敢为天下先。

慈，故能勇；俭，故能广；不敢为天下先，故能成器长。

——老子

三　四线作战　捏一把汗

2017年7月6日，是新高一分班考试的日子。之前2个月的假期安排说明，我没抱多大期望。除了少部分时间自学高中课程，大部分时间用来做锻炼、诵经典、做饭菜、周边游、做机器，没有认真备考。

因此分班考试时，我就当作例行考试去完成。现在也不记得当时是怎么考的，考了什么内容。

8日是星期六,一大早，收到学校信息通知，说我被分到12班。

爸爸这样计算，假设1个班50人，那么按考分顺序排到12班，名次应该在550之后，还真垫底了。在我的机器人众筹群里，同学们的家长相互问起，有家长提醒说12班是竞赛班时，母亲还不敢确信，问她是怎么知道的，直到陪我到学校才知道真是竞赛班——传说中的阁楼！在进入高中前，我对学科竞赛一无所知，现在突然就上到了阁楼。

学科竞赛是超出课本范围的一种特殊的考试。基础教育阶段权威性、含金量最高的是五大学科竞赛：数学、物理、化学、生物、信息，只有极少数特别拔尖的学生才有精力和能力参加。

难度远大于高考，一般涉及大学内容，要补充大量知识，要求的思维量很大，比如要判断迅速，灵活性要很强，熟练度要很高等。

参加学科竞赛可以培养学习兴趣和素养、锻炼思维能力和意志品质，有利于学会自主思考，锻炼独立解决问题的能力，可以让学有余力的同学飞得更高，也有利于未来发展。

当然，如果能获得学科竞赛的奖项，还有利于高考升学。有些同学从小学阶段开始参与数学奥赛、信息学奥赛，有些同学从初中阶段开始准备物理、化学竞赛，到了高中才开始参加学科竞赛，能获大奖的凤毛麟角。

如果能获得省级一等奖，有助于获得C9高校（全国排名前9所）青睐；如果获得国家级决赛金银牌，相当于在高考前，已有一条腿跨进北大、清华。

有幸获得前50名（数学前60名）的顶尖选手，能进入国家集训队，获得高校保送资格，妥妥地提前拿到北大、清华预录取通知书。不再需要参加高考，剩余的高中时间，真正可以神仙般放飞自我。

而从国家集训队中选拔出的4名（数学6名，物理5名）最顶尖选手，将作为中国代表队队员，代表我国中学生参加国际奥林匹克比赛。

全国每年至少有50多名省级高考状元，而国家队队员总数只有23名，所以比高考状元还要稀缺。

看到这里，是不是感觉，很像神话故事？距离自己太遥远，而且越到后面，越需是大神级学霸才能做到。竞赛班要培养的，就是这样的学霸，尽管大家也都知道，如果单从最顶尖的奖项看，绝大多数也注定是陪赛的分母。

我统计了这届情况，2个竞赛班，本市生源合计86人，占全市25000名初中毕业生的0.34%，其中保送生不到1/3，公办初中保送生则更加稀缺。还有在全省选拔的顶尖学霸（简称“省招生”）21名，已提前等在竞赛班了。

而这对于我这样的，小学、初中都是就读于家门口的公办学校，除了少年宫的兴趣班外，没参加过课外培训和学科竞赛、考前准备垫底的，偶然“蒙”进竞赛班，简直是天上掉馅饼，运气成分很大。

除运气外，我相信也得益于每天锻炼。

显而易见的是，我的流鼻血问题已经基本康复，现在流得很少了，不需要成天担忧鼻血突然来袭，鼻子也通气很多，不像以前那样经常感到憋气，因此看书时更轻松、更专注。

整体体质也明显改善，胃口大好，精力旺盛，理解力、看书效率提高很多，很快就可以看完一本，接着看下一本。这期间我已看完很多本书，不仅不觉得累，还觉得挺好玩，经常忍不住笑出声。要想运气好，“气”要“运”得好，平时气血运行通畅，考试时运气也会更好。

另外，好像练就了一种快速恢复能力。我有次中暑憋汗，爸爸觉察到后，让我立即锻炼，半小时内排出大颗大颗汗珠，自动好了。少亏就是赚，相比常生病的同学，我又多赚到很多用于学习的时间。

既来之，则安之。既然进了竞赛班，那就开始搞竞赛吧。7月8日下午，我有幸见到传说中的大腕——学校副校长、竞赛总教练、化学国际金牌主教练陈钧老师。陈老师热情接待了我，当场同意接收我进入化学竞赛团队。这是我以前做梦也不敢想的。

刚分班的当天，就能进到陈老师办公室，是极其难得的机会。后来我才知道，初中母校的钱利芳副校长，悄悄帮了我大忙，专门向陈老师举荐过我——很多时候，别人帮我们、悄悄付出的时候，我们自己都不知道。

紧跟着，我们这些幸运儿，就开始享受学校赠送的首份大礼包——为期2周的夏令营！多位国际金牌教练、各级名师轮番亲自授课，这种豪华师资阵容，全国也很难找到第二家，听课竟然还不收学费！

二中的氛围非常好，上课才1周我就敢往老师办公室跑了。7月15日，我抱着我的机器人雏形，进到创新学院负责人、主教练陈颜龙老师办公室，汇报项目进展和想法。陈老师看过的创新项目数不胜数，给了我很多指导意见，并接收我为创新团队成员。这又是一个意外惊喜。

这两周的课实在太精彩，每一堂课我都很喜欢，像老鼠掉进米缸一样开心。这时，我有一个新奇的想法——既然每门课都这么好玩，能不能多搞几门竞赛？心里琢磨出的优先顺序依次是：化学、生物、物理、数学。

想归想，事实上很难这么做，因为几门竞赛的时间安排是重叠冲突的，而我在学科竞赛方面还都是零基础。但是生物课真是非常有意思，而且还是生物国际金牌主教练魏昌瑛老师亲自主讲。这么好的机会实在舍不得错过，就想化学竞赛、生物竞赛同时参与。

大家觉得这样的想法荒唐可笑，因为即使专学一门，绝大多数人也学不下去，况且相比早就开始准备的省招生，我是从未参与过竞赛的新人，还是来自公办初中的新人。

我初中老师都还清楚记得，班上有比我速度快很多的同学，而我不仅吃饭速度很慢，做作业、考试速度也很慢。然而搞竞赛，高手云集，知识面广、知识量大、速度快是基本素质要求。我也不知道哪来的勇气，好像纯粹就是喜欢。或许是初生牛犊不怕虎，甚或是无知者无畏。

在意犹未尽的夏令营之后，我得发力追赶，赶紧买来竞赛所需的资料，这些都需要在假期里先自学。把出省旅游的计划也搁置了，两个社会实践活动要趁早完成，否则越到后面越没时间做。

其中一项我特别喜欢，也与我对生物的兴趣相关，那就是8月中旬在动物园担任动物行为观察员，对2匹狼、2匹豺整整观察3天，然后撰写提交了20页的观察报告。听起来有点傻，其实如果我们静下心来，专注地做好一件小事，也是很幸福的事。在我们放下傲慢、蹲下身来，与小动物、小植物做朋友，设身处地为它们着想时，内心会更宁静。

这个假期，日程排得很满。幸运的是，有10名同学及其家长，以众筹的方式参与进来，陪我一起做机器人，机器人取得了新的改进与提升。真的是爱出者爱返、助人者自助，我在帮助同学时，自己受益更大。这个过程和取得的数据，正好有助于参加科技创新大赛。

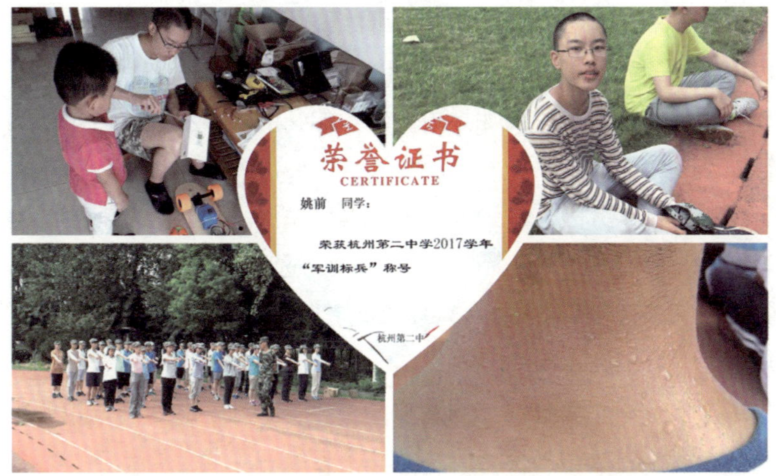

图35　创新与军训｜新高一｜2017年7月—8月

2017年8月23日，随着高一新生军训的到来，第一个“学霸式暑假”暂告一个段落。之前听说“不怕同学是学霸，就怕学霸过暑假”，也不知道学霸怎样过暑假，而这一次我竟然也有了初步的体会。丰富多彩、进步神速，关键还能身心愉悦、轻松快乐，如何保障既能进步神速，又能轻松快乐？我相信是早晚锻炼的功劳。大家前面也看到了，勤于锻炼是我的法宝，我仍然每天都练。这个综合效果，还在军训期间得到实惠。

原本容易感冒、中暑的我，在这个极易中暑、不少同学晕倒的烈日下，大运动量、高强度训练了6天，不仅没有中暑难受，而且荣获我在高中的第一张奖状——“军训标兵”。

绝大多数同学不知道，今天这名“军训标兵”，一年前还是慢性鼻炎、顽固性鼻血十年的病号，还是被大家嘲笑的超级体育“学弱”。

高一军训之后，全年级正式开学。9月中旬，竞赛团队进行选拔，化学竞赛、生物竞赛两门，我都入选了。事情也就暴露出来，教练和家长都知道了。如果单从升学的角度看，我这样做是不明智的。因为：

精力过于分散，知识面很宽，难以精深一门。参加竞赛的同学，都是各省的学霸，到全国赛阶段，选手都是全国顶尖水平。同时参加多门学科的后果，可能是全都学不好，这样还会拖累常规课程学习，搞砸高考。

即便是运气好，能拿到奖项，小奖对于升学的作用，也要小很多。多个省级三等奖，比不上一个省级二等奖（“省二”）；多个省级二等奖，远比不上一个省级一等奖（“省一”）……

教练找我谈心，帮我充分认识这些风险，并特别向我爸妈做了提示。虽说这个选择违背常规，但我真的很想参加多门竞赛，如果爸妈反对的话，我准备引用固柢家规维护我的选择。

之前也在多处提到过“固柢家规”，这是爸妈和我之间的规约，相当于家庭内部“约法三章”，共同制定、共同遵守、大家平等、相互监督、相互鼓励：

1.“柢”的内涵是“安全>健康>品行”，是原则，是底线，全家人都得遵守，都不得以任何其它理由逾越。

2.“柢”的底线原则只有安全、健康、品行三项，三项之外无大事，各人自己有权决定，可以相互商量建议，但不可强行干涉；学习也不在三条底线原则之列。

3.特殊情况下，如果三条底线原则不能同时兼顾，则安全优先于健康，健康优先于品行。

“少则得，多则惑。”爸妈明确说，全都是重点，就等于没有重点。规矩太多，就没有了规矩。对于小孩子来说，太多规矩不仅记不住，还会增加很多困惑，变得成天提心吊胆，害怕无意中踩到规矩的“坑”里。减少日常这些困惑，等于额外赚到了时间和精力。

固柢家规的少小版是“安全>健康>礼貌”，因为“品行”比较抽象，年龄小时，还难以理解和执行，在我读初三时，“礼貌”扩展到“品行”，持续生效，每每涉及重要决策时，一家人都会自觉对照固柢家规。

从我读幼儿园开始，家里就有这个规约的雏形，我有一个专门的本子，记录这方面的加减分及理由，爸妈不定期抽查我记录的准确性。到五年级时，进一步开家庭会议明确，由我认真记录在那个本子上。

我一直认真遵守这个家规。五年级下学期报告单评语上，还特别有这样一段：“这学期常常听到你的那句‘谢谢’，递给你东西的时候，给你批发作业的时候——你变得越来越有修养，在你的带动下，同学们也越来越有礼貌。”

可能很多人会说：“安全、健康、礼貌，当然都很重要，全都得遵守呀。”但在我们制定时，特别记有第3点附加说明，这一点不可略去，甚至可以说，这是孩子的“保护伞”。

现实往往没有那么完美，三条底线有时很难兼顾。例如，不干净的水有害健康，不能直接喝，但是如果在沙漠中，快要渴死了，没有其他选择，不干净的水也得喝，保命要紧。

校园霸凌、教师侵犯学生等，也时常发生。如果家长一味强调“要礼貌”“要听老师话”，极可能会造成学生在学校被欺负、回家不敢说的局面。

爸爸说他小时候就受过这种伤害。因为爷爷望子成龙心切，要求比较严厉，规定不允许与人吵架。如果听说与人吵架，先不问原因，直接揍一顿，揍完才问情况，如果确认有错，再揍第二顿。不是口头吓唬，是真的体罚，身心都留下内伤。

为避免类似伤害被重复，因此约定时，爸妈就说，家长、老师，也都是人，是人就会有七情六欲，难免会贪心、会误判、会犯错。师长的做法是否正确，如何区分？简单的办法，是用柢的内涵来衡量，如果师长违背了，孩子可以用柢的内涵保护自己。

我也发现了固柢家规的一个妙用：以前爸妈发火吼我的时候，我都很紧张、很自责，觉得是自己不好，但有时实在搞不明白自己究竟错在哪里，就觉得自己没用；有了明确的三条底线，就可以对照，如果没有违反，我会反过来观察爸妈的情况，及时关心爸妈是不是身体不舒服，爸妈经我提醒，会立即缓和情绪。另外近几年，爸妈很少朝我发火了。

具体到参加多门竞赛，并不违反三条底线，而且还有班主任金琦老师支持，所以我不是特别担心。爸妈找我谈的时候，我就直说了真实想法。

爸妈看到我真诚的态度，郑重地问："如果你坚持这样选择，那可能不仅进不了北大、清华，还会错过浙大，你能接受这样的后果吗？"

我明确回答："能。"

爸妈还强调："无论竞赛有多紧张、多重要，都需要照常锻炼，都不得违反固柢家规，特别是不得熬夜。如果被发现熬夜，立即自动退赛，你能做到吗？"

我也明确回答："能。"

爸妈补充道："也可能我们想多了，竞赛团队一轮一轮，如大浪淘沙。如果被淘汰，是正常的，要有心理准备，我们不会笑话你，更不会埋怨你。另外，如果自己觉得学不动了，就要主动退出，不要硬扛，能做到吗？"

我再次回答："能。"

父母说："如果这三条都能做到，我们尽量尊重你自己的决定。"

图36　四线作战｜高一｜2017—2018年

那当然好啊！我决定的策略是：化学竞赛为主，生物竞赛蹭课，穿插科技创新，再加上高中常规课程也得兼顾，也就是说，四条战线，同时开战。也是从这时开始，高中阶段就很难抽出外出玩耍的整天时间了。

一周中，白天是高中常规课程，周一、三、五晚上学习化学竞赛课程，周二、四、日晚上学习生物竞赛课程，周六机动应对。

当然，每天早晚锻炼仍是必修功课。日程安排越紧张，锻炼越重要，抽不出大段时间锻炼，早晚的锻炼时间更显必要和珍贵。

四线作战的战果，陆续有些体现。先是参加青少年科技创新大赛，在第三十二届杭州市青少年科技创新大赛中获得了优秀科技创新项目二等奖（2017年12月12日）、在第32届浙江省青少年科技创新大赛中获得了二等奖（2018年4月20至21日，时间安排得很紧，险些与化学竞赛预赛冲突）。

接着是生物竞赛，获得2018年浙江省高中生物学竞赛一等奖（2018年3月30日）、2018 年全国中学生生物学联赛（浙江赛区）二等奖（2018年5月13日）。

化学竞赛也穿插其间，获得2018年中国化学奥林匹克竞赛浙江省预赛一等奖(2018年4月14日)、2018年浙江省高中生化学夏令营精品班入选（2018年7月21日）、第32届中国化学奥林匹克（初赛）二等奖（2018年9月2日）。

我原本感觉生物竞赛能有“省一”，但结果以1分之差错失。而考试前一周的“五一”长假，我在参加化学竞赛集训；教练感到非常可惜，说如果多花一点时间，肯定能捞到这1分。

化学竞赛的“翻船”，更加可惜。有一道10分的题，解题思路和过程都正确，题目要求答案用序号1、2、3表示，而我误用A、B、C表示，可以判10分，也可以判0分，结果这道题我得的是0分，否则妥妥的“省一”。

全国比赛省级二等奖在一般的高中学校属于很大的奖，可在我们学校，聊胜于无，拿不上台面。而我，在高一拿的科技创新、生物竞赛、化学竞赛这三项奖，竟然都只是“省二”。

有同学开玩笑说，这就是贪多的后果！

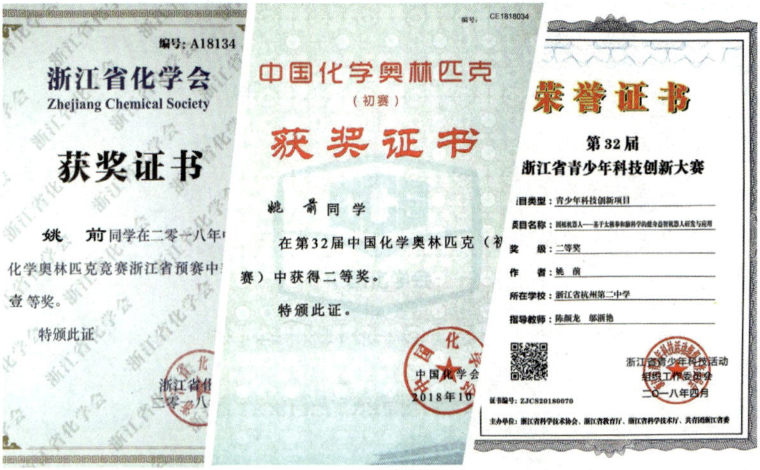

图37　部分获奖证书｜高一｜2018年

【小故事】

“约法三章”的妙处

约法三章，原指事先约好或明确规定的事，泛指订立简单的条款，以用于遵守。出自汉·司马迁的《史记·高祖本纪》：“与父老约，法三章耳；杀人者死，伤人及盗抵罪。”《汉书·刑法志》：“高祖初入关，约法三章。”

公元前207年，刘邦率领大军攻入关中，到达霸上，离秦都咸阳只有几十里。秦王子婴向刘邦投降。刘邦进咸阳后，本想住在豪华的王官里，但樊哙和张良告诫他别这样做，免得失掉人心。刘邦接受他们的意见，下令封好府库，关闭官门。

当年十一月，刘邦召集诸县父老和豪杰集会，慨然陈词道："父老们苦于秦的严刑峻法已经够久了，诽谤者灭族，偶语也弃市，简直暗无天日。诸侯相约，谁先入秦关谁为秦王，如今我已入关，当为关中王。在此与众父老'约法三章'：杀人者处死，伤人者及抢劫者抵罪。除此以外的秦朝严刑峻法，一律革除。"

父老、豪杰们都表示拥护约法三章。随后，刘邦派专人和秦朝旧吏一起巡行各县乡，广泛宣传约法三章，让百姓安居乐业，稳定民心。老百姓听后十分欣喜，争相犒劳刘邦的军队。刘邦坚决推辞，老百姓更加欣喜，"唯恐沛公不为秦王"。于是，刘邦干干净净地还军霸上，等待诸侯军到来。

由于坚决执行约法三章，刘邦得到了百姓的信任、拥护和支持，最后取得天下，建立了西汉王朝。

闯王李自成，当年也有类似的"约法三章"，所以老百姓说："盼闯王，迎闯王，闯王来了不纳粮"。只是，他进京后就违约了，落得大失民心、一败涂地的下场。

【拾趣】

爸爸与我初中老师聊天摘录

2020年5月26日与我初中副班主任、社会课老师陈彩虹——

我爸爸：

因为彩虹老师，姚同学还喜欢历史和地理，高一时还准备参加地理竞赛，报名参加的竞赛有点多，被教练劝住了。

陈彩虹老师：

林微前两天让我写对姚前的印象，回过头来想想，姚前给我最深的印象就是“慢”。吃饭总是班级最后一个吃完，细品慢咽；他走路也是慢慢的，不急不躁；答题时题干被又圈又划，甚至看起来有点“脏”，为此他的速度往往也是偏慢的……这样的“慢”融入学习和生活的方方面面，那是他异于同龄人淡定的表现，那样的“慢”也让他走得比同龄人更快。

我爸爸：

现在吃饭还是很慢，答题速度快得惊人。

陈老师：

哦……原来我最服他的答题，每次差不多铃声前十分钟左右做完……

2020年5月25日与我初中班主任、语文老师林微——

林微老师：

学校要推姚前做宣传，要我找照片。有些好可爱的照片，发你先睹为快。太优秀啦！

我爸爸：

感谢林老师！每个孩子都有潜力，主要在于点亮。

林老师：

点亮孩子，老师是一方面，家长更是一方面。你们这样睿智家长也是少有的。

别人看来，我应该为自己是北大学生的初中班主任而骄傲。但我自己觉得最幸运的，还不是遇见学霸，而是认识学霸的爸爸，让我在培养孩子方面有了很多反思。

我爸爸：

我们得益于班主任林老师及时提醒，几次关键点都是林老师开家长会或单独提醒到我们的。包括昨天，林老师又给了我们一个重大启发——初中生的哲学素养。

姚前学习生物、做生物题的速度快得惊人。同时搞多门竞赛，化学+生物+科技创新，刚开始时还是以化学为主，放在生物上的时间很少，大约是别的同学的三分之一，上课时间与化学课程冲突，所以大部分要靠自学，但第一年不仅没掉队，还渐渐显出优势；测验、模拟考试时，也基本只需要别人的一小半、甚至三分之一的时间就能做完。教练说从未见过速度这么快的。我们就在想，为什么速度会这么快？

林老师：

难道是哲学理念带领？印象很深刻的是，他吃饭是慢条斯理，初中做作业速度没有王同学快。真是越到后面，后劲越足。

我爸爸：

昨天林老师说到哲学话题，我们突然觉得与哲学有关，哲学是对基本和普遍问题研究的学科，学了哲学，加上日常对国学的积累，加上每天锻炼，相当于有了高倍望远镜，别人看起来很模糊、想很久的题目，他带着高倍望远镜，一眼就看明白，有些答案直接填上去了，让很多老师觉得诧异，因为有时他的解答方法是别人没有想到的。

林老师：

高度引领了自己的大脑，太赞！

我爸爸：

每天诵读经典，也与锻炼一样，他现在每天晚上睡前仍然会诵读几句。就连省队选拔闭门集训的那两周，还把《论语》带去了，被教练查到，问这么紧张的时候为什么还开小差。

林老师：

国学经典里的哲学思维比现代文字要强，这是真的。逻辑性和思维能力，现代人可能真不及古人。

我爸爸：

哲学、国学，开启智慧，看似没有直接的作用，实则可以大大提升境界和层次。

林老师：

经你这么一说，以后我多多关注语文中蕴含的哲学思维，可能触发有些学生瞬间开窍。

我爸爸：

老师能这么做，功德无量！

……

【在聊到“安全>健康>礼貌”中的“礼貌”话题时】

林老师：

彬彬有礼这一条应该怎样教会？

我爸爸：

做减法，只强调三条底线。在面临选择1门竞赛对升学有保障，还是选择多门竞赛学习更有趣时，由于那三条明确的底线，所以姚前选择了多门功课，而且在我让他只选一门竞赛时，他可以理直气壮地说：“这没有违反三条底线，所以我想自己决定。”

曲则全，枉则直，

洼则盈，敝则新，

少则得，多则惑。

——老子

四　密集收获　跨进北大

有道是“一着错，着着错”。北大、清华的金秋营，“省一”是敲门砖，即有学科竞赛全国级初赛省级赛区一等奖，才有报名资格。我错失了2个“省一”，手上的3个“省二”不管用，省内预赛的一等奖更不管用。

第一次与北大亲密接触的机会，眼看着就要错过。

有时东方不亮西方亮，虽说青创赛我止步于“省二”，幸运的是，2018年9月11日我收到了入围第18届“明天小小科学家”奖励活动（简称“明小”）终评的通知，全国终评于10月30日—11月4日在北京航空航天大学举行。

这个活动由中国科学技术协会、中国科学院、中国工程院、国家自然科学基金委员会和周凯旋基金会共同主办，入围难度非常大，当年2472名优秀选手注册报名，只有130名入围，比五大学科竞赛全国决赛的名额还少。

北京大学2018年优秀中学生化学金秋营的举办时间，是10月26—27日，正好就在明小终评前一周。我本来就要去北京，何不报名试试？因为没有化学竞赛“国初省一”奖项，我在北大招生网的在线报名，审核未通过。

好在还有更巧合的事，北大名师裴坚教授来我们学校招生宣讲，我抓住机会当面向裴教授报告：“我目前刚高二，接近‘省一’的水平，但没拿到‘省一’奖项，只拿了3个‘省二’，也想参加化学金秋营。”裴老师听到这种“复合型尴尬生”的主动求助，也很高兴，亲切地说：“来吧，来吧。”不是开玩笑，裴老师还真帮我协调到“特邀”名额。

多亏有贵人相助！高人会呵护学生兴趣，真爱可以创造机会。很多事，不是不可能，而是自我放弃，让贵人也爱莫能助。机会在于发现，主动求助，试一试，或许就有贵人相助。

通过“特邀”考生身份，我参加了北大2018年化学金秋营。笔试时间为10月27日8:00—12:30，内容是化学和数学，时间长达4.5小时，脑袋连续高速运转，中间不停歇。当场就有考生体力不支，还有的到了后面犯糊涂，把之前已经做对的，又改错了。

这种特殊的时间安排，在考试后我才有点回过味——原来顶尖学校选拔时，重点考体力和心力。能进金秋营的，全国近800名拔尖选手，智商都很高，知识技能都很强，唯有体力和心力能拉开差距。

还好考前的那天晚上，我因为要锻炼，没有与其他同学一起出去逛，而是按照正常时间睡觉。而且固柢方法中有个小窍门——粗犷比赛喊“加油”，精细考试嘘“放松”。平时有积累，考前也没有透支，体力和心力成为我的无形优势，我全程精力旺盛，超水平发挥，竟然成绩优良！

因为这次选拔成绩优良，我提前一年获得推荐申请北京大学自主招生测试资格。要获得这个资格，很不容易。参加金秋营选拔，绝大多数是高三学长，而我还在读高二，知识的劣势很明显，能临场发挥好，有较多运气成分，基础还在于自己的体力和心力。

2018年12月13日星期四

【北京大学】同学你好！因你在10月26日举办的北京大学中学生化学金秋营中化学考试成绩优良，在147分以上（满分200分），将推荐你申请北京大学2019年自主招生测试资格（若教育部政策有变化，将以教育部的要求为准进行执行）。此短信来自平台，如有问题请发

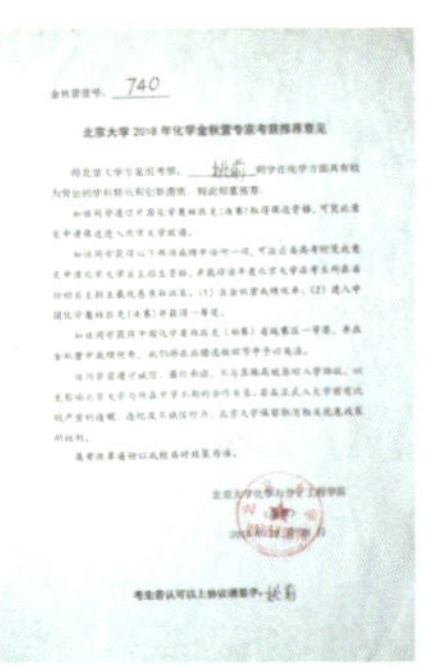

金秋营营号：740

北京大学2018年化学金秋营专家考察推荐意见

图38 北大化学金秋营｜新高二｜2018年10月

北大金秋营笔试结束后，出东门步行往北，在圆明园遗址公园徒步一个下午，再步行绕到北大校园西南方的新华书店，买了些北京的高中教材，为“明天小小科学家”终评活动做准备。

我参加“明小”终评的题目是《我急需的锻炼方法及机器研究——基于太极拳与脑科学的锻炼方法与机器研究》。相比而言，错失2个“省一”，我都能平静接受，但对“明小”终评满怀期待。有几个原因：

1.我的机器人对我自己帮助很大。早晚锻炼，体育轻松满分、顽固性流鼻血问题缓解、体质全面改善、成绩大幅提高，因此希望通过这次获奖，让更多人了解它的作用与意义，让更多人早日受益。

2.我的机器人融合经典智慧与现代科技，贴近生活、跨界创新、寓练于乐、科学有效、经济实用。原本抽象难懂的锻炼方法和原理，在机器人的辅助下，练习者可以较快领会、实践，并能轻松取得明显效果。而且可以在问辩环节互动，现场体验实物。

3.我申报的类别是“生物医学”。这个类别的笔试，包括化学和生物，尽管参赛选手绝大多数是高三学长，但我一直在学习化学竞赛、生物竞赛相关的内容，知识储备远超高中范围，所以笔试环节也有优势。

期望越高，失望越大。在问辩环节，我遇到了麻烦。因为我的机器人属多学科交叉的发明创新，无法简单对应到某个现有学科分类，后来勉强报到“生物医学BM”类别。

但生物医学类评委老师的研究领域、研究方法、评判标准，都与我的发明的跨学科属性差异很大，无法给出适当的评分，还问有没有人体对照研究数据。老师还请来工程学类评委老师参评，后来的老师也感到很难评分。

在问辩环节后，我垂头丧气，觉得很失望，很委屈。

爸爸说：“‘人不知而不愠’。先别管评委怎么说，你觉得它对你自己有用吗?”

我说：“有用！很有用!”

爸爸：“那对你同学有用吗?”

我：“有用。只要练了，都有效果。”

爸爸："这些效果，刚开始有没有想到？"

我："没想到。那时没有别的办法，只是想试一试，没想到练了真有效，更没想到效果这么好。"

爸爸："你练了多长时间，才知道它真有效？"

我："刚开始只是试试，渐渐有了信心，体育轻松满分，肯定是它的功劳，后来又有同学鼻炎改善、体育满分，效果更加确定无疑。"

爸爸："那评委接触它多长时间？有没有体验过？"

我："大概几分钟时间，第一位评委没有站上去试，第二位站上去体验了一小会……都没问到核心点上。"

爸爸："隔行如隔山，你听说过哪个重大发现，能几分钟就被专家认可？"

我："不知道。"

爸爸："其实，很多重大科学发现，刚开始不仅难以被人接受，甚至还会被嘲笑，这是正常现象。如果很容易被认可，反而说明你的研究比较肤浅，一看便知，价值有限。"

我："评委说要详细原理，还需要对照实验数据，否则不能相信。"

爸爸听到这里，语气很激动：

"作为中学生，能偶然迸发灵感并实际做出有用的东西，已经很难得了。详细的原理分析和证明，那是大科学家的事，不用指望一口吃成一个胖子。再说，以你的身份，即使你证明了，别人也不会相信。

"邓爷爷说过：'不管黑猫白猫，捉到老鼠就是好猫'。有用是硬道理，不用太在意别人的看法。内在要自信，不需要反复向别人证明自己。

“婴儿刚出生，张嘴就需要呼吸。能等科学家先研究空气再呼吸吗？等着科学家研究空气构成、含量、温度、作用机理、对照试验？不是说研究这些不重要，而是说，不能舍本逐末！不能因为评委没认同，而影响自己情绪。

“你的这一发明也跟呼吸一样，如果要等科学家把各种细节都计算清楚，才开始练，黄花菜都凉了，你还想进杭二，进北大？连到这里参赛的机会都没有！”

爸爸连珠炮似地训了我一通后，口气缓和下来，鼓励我说：

“把简单问题搞复杂，很多人都会；化繁为简，需要更高智慧。科学研究，发明创新，要有自己的独到见解。获奖不是主要目的，能拿奖时顺带拿个奖；不被认可时，也要板凳坐得十年冷。要有内在自信，要有战略定力。

“专家没意识到的，你发现了，做出成果，让更多人受益，正是你的价值所在。今天播种，明天发芽，那是小草；欲为大树，莫与草争。深根固柢，静待花开。”

这次的挨训，我印象深刻！

终评结果公布，我获得三等奖，虽说与期待有差距，也已经是国家级三等奖，受教育部门和高校认可，比较难得。还参加了院士讲坛、诺贝尔奖获奖科学家讲座、青年科学沙龙，参观了实验室、博物馆等，很受启发。

图39 明天小小科学家奖励｜新高二｜2018年11月

北大金秋营、“明小”终评活动结束后，我开始更加认真对待生物竞赛的事。

之前，爸妈没有过度干涉我参加生物竞赛，但行动上也没有支持，连生物竞赛家长群刚开始也没加入，后勤工作没有跟上，磨蹭半年才勉强进群，进群也不吱声、不干活。我生物竞赛国初赛以一分之差错失“省一”，爸妈反而觉得正好收心专搞化学竞赛。

好在教练魏老师并不介意，有些本应家长准备的资料，魏老师破例帮我准备，甚至为了让我多蹭一节课，专门调整全班的课表安排。魏老师还反复打电话对我爸妈说，从第一次见面就已看出来，我对生物是真爱，参加生物竞赛非常有希望，肯定能出好成绩。

图40　从小就有的生物学兴趣爱好

千里马常有，伯乐不常有。魏老师的眼光很准。

我从小学开始养空气凤梨等植物，一直细心照料它们，长时间外出时，会带上它们。寒来暑往，当初的空气凤梨虽不见明显变大，但一直活得很有精神。我热爱大自然，在乎小花小草的感受，对一草一木都很珍惜，作文中也经常出现花草树木的主题。《博物》每期必看，如果妈妈借走或弄丢一期，很快就会被我发现，弄丢的还要被我催着补买。

遇到这么好的教练，我当然也要好好备赛。之前策略是以化学竞赛为主、蹭生物竞赛的课，现在调整为两项并重。由于生物竞赛先比赛，所以考虑先多分配些时间到生物竞赛上。

时光飞逝，比赛接踵而至。

3月31日，2019年浙江省高中生物学竞赛（初赛）。

5月11日，2019年中国化学奥林匹克竞赛浙江省预赛。

前面这两项比赛，主要用于获取入围资格，对我来说悬念不大，不需要费劲，正常发挥就能拿到一等奖。紧接着的第2天，需要抖擞精神了。

5月12日，2019 年全国中学生生物学联赛（浙江赛区），我获得一等奖。接着进行省队队员选拔，有两轮理论与实验考试。第一轮选拔出16人大名单，我排第10名，比较靠后。

6月16日，第二轮16进8选拔，我排第7名，获得全国中学生生物学竞赛浙江省代表队成员资格。

省队选拔的过程跌宕起伏，特别是第二轮，如果单看理论成绩，我已经出局，但是我的实验成绩非常好，几门实验都无可挑剔，局面惊天逆转。

虽说是倒数第2名，但即便面临被淘汰的风险，我也没有违背自己的承诺——“无论竞赛有多紧张、多重要，都需要照常锻炼，都不得违反固柢家规，特别是不得熬夜”。无论有多少选手在熬夜冲刺，无论集训任务有没有完成，我都按时睡觉不熬夜。

省队集训期间也同样如此，多次模拟测试，我都垫底或倒数，却也没有违背承诺。国决前的半个月，为了保障按时睡觉不熬夜，我放弃住集训的酒店，请爸爸每天接送我。每天路上来回要多花一个半小时，也可见我的决心。

爸爸每天接送我要多花三个小时，也可见爸妈的态度。面对保送北大、清华的巨大利益，熬几夜冲刺，似乎并不为过。但是爸妈反复强调：

“‘不以恶小而为之，不以善小而不为’‘千里之堤，毁于蚁穴。知足不辱，知止不殆’。无论外在利益诱惑有多巨大，都不可以违犯固柢家规——安全>健康>品行这条底线。如果你为上北大，破了规矩，那以后肯定会遇到比上北大更大的诱惑，你还会破坏规矩，距离精致的利己主义者也就不远了。”

2019年8月10日至14日，第28届全国中学生生物学奥林匹克竞赛在河北衡水举行。

我们浙江队订的高铁票是8月10日从杭州到衡水（7:14-13:30）的班次。未曾料想，竟遭遇史上超强台风“利奇马”！

8月10日凌晨1:45，超强台风“利奇马”的中心在浙江省温岭市沿海登陆，登陆时中心附近最大风力16级（52m/s），中心最低气压930百帕，登陆强度强、陆上滞留时间长、风雨强度大、影响范围广、灾害影响重。

凌晨4点多，家长开始讨论突发情况——超强台风，高铁停运、大巴和中巴可能会停运。

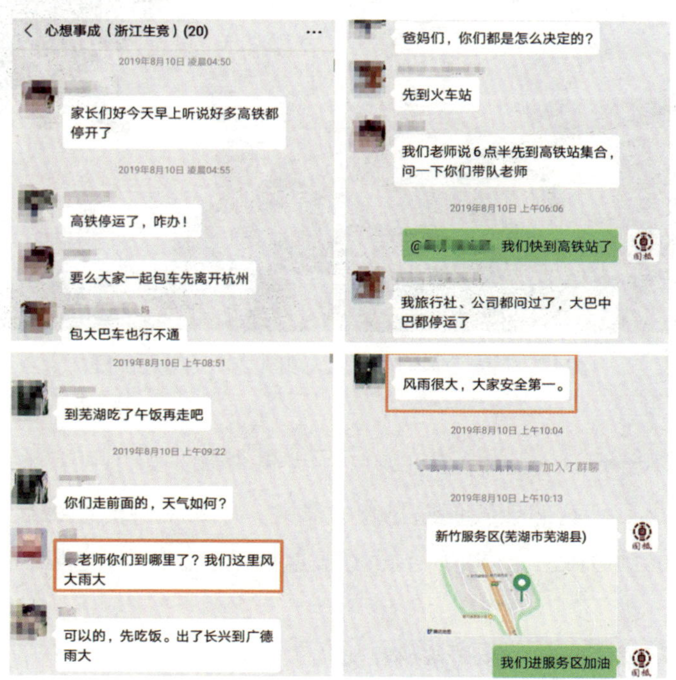

图41　浙江队应对超强台风｜2019年8月10日

面对突发情况，爸爸很冷静，驾车到高铁站集中等待省队指令，途中爸爸特别让我亲口复述固柢要诀16字——中正安舒，深根固柢；宠辱不惊，顺其自然。如爸爸提早预料的，没有别的选择，只能先冒着暴雨驾车出浙江境，再想办法。

超强台风伴行，高速路况很恶劣，但爸爸沉着冷静，车开得很稳。一直开到安徽芜湖，省队全员汇合后，再从芜湖乘大巴包车前往河北衡水。

图42 超强台风后的超大彩虹｜2019年8月10日

不经历风雨，怎么见彩虹？大自然真是妙不可言。超强台风之后，竟然让我们遇见超大彩虹，手机照片时间戳显示为20190810191023，傍晚19:10，在高速商丘东服务区，浙江队舒了口气。

休整的间隙，我与爸妈一起练了趟太极，第一时间释放超强台风带来的紧张感。回到大巴车上，我想到固柢要诀“中正安舒，深根固柢；宠辱不惊，顺其自然”，便没有再看书，开始睡觉，一直睡到衡水，已经是第二天凌晨1点多了。

图43　竞赛得金，蒙进北大｜2019年8月14日

11日凌晨2点多睡下，7点起床，匆匆赶往比赛地点报到，参加开幕式、看考场。下午14:30—17:00理论考试，12日8:00—18:00连续10个小时实验考试。我在前文透露过，固柢小窍门——粗犷比赛喊‘加油’，精细考试嘘‘放松’。我在实验间隙，都及时锻炼放松一下。考完之后我估计有可能进入前50名。

14日9点闭幕式开始，我一边刷化学竞赛的题目，一边静静等待属于我的奖项。主持人逐一宣布获奖者名字，一直没听到我的名字，大约10点半时，主持人大声喊出我的名字——全国第一名！确实出人意料，又一次惊天大逆转——以省队选拔时的倒数第2名，获得全国决赛第一名，也就是一等奖、金牌，入选国家集训队。

闭幕式后需要立即决定是进清华，还是北大。

清华“钱班”，如雷贯耳，全称为清华大学钱学森力学班，2009年为破解“钱学森之问”而成立。钱班、清华学堂人才培养计划（清华大学学堂班），对于与生物医学学科交叉研究非常重视。宣讲现场我与清华老师的沟通也很愉快。

只是我有两点顾虑，一方面1年前在北大化学金秋营时已签约，另一方面清华钱班需要在大三就出成果，而我兴趣比较宽泛，生物竞赛后，还要参加化学竞赛，还计划在数学、物理上有所拓展，应该不会很快出成果，所以权衡后倾向于北大。

北大、清华在现场带队的两位院领导，经过两轮单独协商，表示尊重学生个人意见，之后我领到北大的预录取通知书。时间安排很紧凑，确认保送北大后的第一餐饭，是在火车站候车室蹲着吃的方便面。

当初的“学弱”，经历多次幸运逆袭，“蒙”进北大。细细回想起来，起决定性作用的，竟然是——能吃能睡！

高水平比赛，非常消耗体力和心力。决赛时，我的理论与4门实验成绩，都不是最高分，但由于发挥稳定，失误少，各门成绩均衡，总分第一名。

长时间保持稳定发挥，考验的是体力和心力。遭遇超强台风的不利环境，我能睡着；突发情况下，伙食不能尽如人意，也不挑食，有什么吃什么。吃得下、吃得香，保障了体力。

平常时光，深根固柢；关键时候，能吃能睡！

【拾趣】

高三发言稿：《放飞梦想，播种希望——2019学年杭州第二中学开学典礼发言稿》

尊敬的老师，亲爱的同学：

大家好！能有这样一个机会发言，非常荣幸，也有些小紧张。

两年前，我与新来的学弟学妹一样，兴奋新鲜，懵懵懂懂，看看涌泉石，走走淳祐桥，摸摸赤子钟；一年前的今天，我暑假作业还没做完，就已经面临选考的重新分班。

在二中的两年多来，我曾醉心于五彩缤纷的社团，迷恋于开拓视野的竞赛，受教于充满智慧的老师，结识了才华横溢的同学，在课堂上增长理论知识，在实验室鼓捣奇思妙想，在社会实践中服务他人，还有在食堂争先恐后，在操场嬉戏玩闹……

当我还在期盼代表512班打一场排球赛时，眨眼已经变成612了。今天开学，典礼的主题是“赤子心、追梦人”，作为高三的一员，我也来汇报一下我的心、我的梦。

刚进二中时，面对竺可桢老校长提出的“立志，努力，为公”校训，我在想，“我应立什么志?”也就是“我的梦”是什么?

对于高中生来说，能不能把“考进理想的大学”作为自己的梦想呢？我也曾经闪过“进清北”的念头，但这个念头在面临选择时变得纠结起来，从出成绩的角度，同时搞多门竞赛是不明智的，而我对化学、生物、物理都很感兴趣。这期间教练陈老师、魏老师、班主任金老师对我帮助很大，促使我深入思考自己的方向。

那么“立志”为了什么？“考进理想大学”只是小目标，不是最终目的，真正的目的其实就在校训里——那就是“为公”：所谓“公”，是指人的公共意识和公共道德。今年是中华人民共和国成立七十周年，共和国勋章人选屠呦呦老师，童年就有“治病救人，带给人新生”的梦想，在高中阶段对自己的人生已经有了更清晰的方向，大学选择“药物学”专业，工作中以身试药导致肝中毒也无怨无悔，因为她说“我是搞医药卫生的，就是为了人类健康服务”。

文化自信，是更基础、更广泛、更深厚的自信；文化自信是更基本、更深沉、更持久的力量。屠呦呦老师受中华典籍《肘后备急方》中“青蒿一握，以水二升渍，绞取汁，尽服之”几句话启发并顿悟：高温可能破坏青蒿中有效成分，改用低沸点溶剂，最终提炼出抗疟有效成分青蒿素，被誉为“拯救2亿人口”的发现。

中华经典智慧是等待我们发掘的宝库，受偶像启发、老师教诲，加之亲身体验，我的“梦想”也渐渐明晰起来——结合经典智慧探索生命科学，为全人类服务。有了长期“梦想”，原本困难的选择也变得轻松起来，看似枯燥的学习也变得有趣起来，化学竞赛、生物竞赛、发明创新、勤加锻炼等，不仅相互不冲突，而且有很强的互补性，都是在为长期“梦想”作基础性准备。

放飞“梦想”，播种“希望”，还需“努力”。今年4月，我种了几颗樟树种子，每天浇水观察，迟迟不见种子变化。过了3周才看到种皮破裂，露出一点点黄色子叶，过了7周，才看到根系萌发，过了11周才看到黄绿小芽从叶子间冒出，之后逐渐长成第一片嫩叶，如今四月有余，种子已经长成二十厘米高、有七片叶子的树苗。这让我体会到“合抱之木，生于毫末；九层之台，起于垒土”的不易，也体会到“方向正确，不怕路远；只事耕耘，不问收获”的淡定。

今年还是我们二中建校120周年，与一夜发芽的小草不同，二中给我们播下了“立志、努力、为公”的种子，我们只需“不忘初心，砥砺前行”，未来一定都能长成参天大树，为社会作出自己的贡献。

建成社会主义现代化强国，实现中华民族伟大复兴，是一场接力跑。我们二中人的每一个小“梦想”，我们中国人的每一个小“梦想”，众志成城、携手共进，汇聚成“中国梦”，将来一定能跑出更好的成绩！让我们积极拥抱新时代、奋进新时代，让青春在为祖国、为人民、为民族、为人类的奉献中焕发出更加绚丽的光彩！

谢谢大家！

（612班 姚前 2019.8.31）

虚其心，实其腹；
弱其志，强其骨。

——老子

五　炼成学霸　你也可以

在生物全国决赛颁奖、也是领到北大预录取通知书当天，我就赶回杭州，因为距离化学竞赛只剩20来天。2019年9月7日，是第33届中国化学奥林匹克（初赛）的日子，时隔一年，我拿到上届错失的一等奖，10月7日过了把省队选拔的瘾，算是给化学竞赛画上圆满的句号。

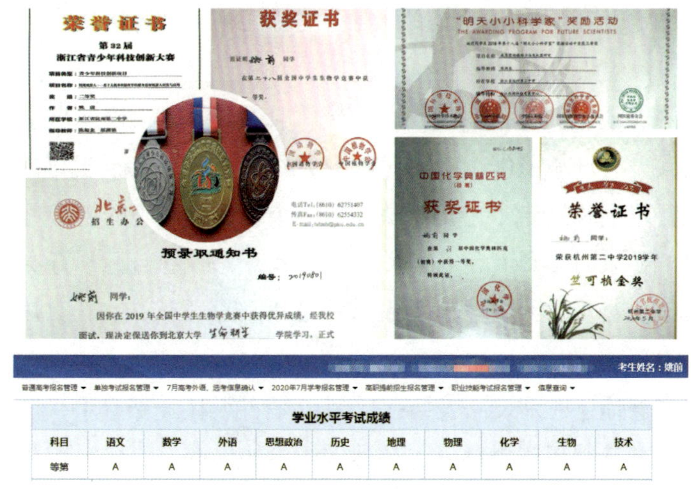

学业水平考试成绩

科目	语文	数学	外语	思想政治	历史	地理	物理	化学	生物	技术
等第	A	A	A	A	A	A	A	A	A	A

图44　较大奖项的证书与成绩

2020年1月6日、8日，轻松完成数学、英语学考，拿到学业水平考试10A，顺利实现学考全A。至此，当初大家捏一把汗的四线作战——化学竞赛、生物竞赛、科技创新、普通高考——全都有了非常好的成果，远远超出当初想象。实践已经证明，“学弱”可以炼成“学霸”！

培养起来的定力和内在自信很关键。学习、竞赛、研究搞到一定层次，都需要发挥主观能动性，不能等着老师或教练安排。同时进行多项挑战性任务时，没有先例可循，没有现成教材可学，需要自己把握并从内心寻找答案。

2020年5月18日，班主任赵岚老师传来喜讯：我以第一名的成绩入选国际生物奥赛中国代表队。多家电视台、报纸再次跟踪采访，我幸福地与生物竞赛主教练魏昌瑛老师、学科竞赛总教练陈钧副校长、化学竞赛教练方文斌老师合影。

魏老师表扬说：“他是一种享受的过程，因为他靠兴趣驱动，学起来也会比较轻松。心态很好，他不管明天考试有多难，晚上一定会定时睡觉。很善于安排自己的时间，而且严格自律，这是他能取得成绩的原因。”

陈老师也认为，竞赛生想要最后取得成绩，不仅要求学科能力过硬，心理承受能力也得足够强大，具有足够抗压能力，才能在竞赛路上长远走下去。竞赛作为一个载体，锻炼的是学习思维能力。如果对学科有足够热爱，本着提升思维的目标学竞赛，那这段经历会受益终身。但如果抱着功利目的学竞赛，其实并不建议，因为风险太大。

方老师还在朋友圈表扬：“作为少有的两门竞赛选手，在通过生物竞赛获得保送资格后，依然继续参加化竞，获得一等奖，在科技创新大赛中也收获颇丰。当然，即使保送，依然坚持其他文化课的学习，也会啃啃大学物理，典型的二中优秀学子形象。永远在学习的路上，永远在奔跑的路上，真正做到不唯结果，赢得结果。”

嘻嘻，这么热情流溢的表扬，夸得我都有些不好意思。

我原本处在内伤循环之中：身心紧张→心浮气躁→头重脚轻→局部强化→整体失调→加剧身心紧张。

我的幸运之处在于，突破误区、拨乱反正，打破恶性循环，跃升到深根固柢的良性循环：沉心静气→中正安舒→提纲挈领→整体调优→综合提升→越加沉心静气。

日本医学博士春山茂雄《脑内革命》一书指出：人类大脑会分泌出一种结构类似吗啡的物质，不仅会使人产生心情愉悦的感觉，还有出色的防止老化、提高自然治愈力的功能。

让“脑内吗啡”大量地分泌，不仅对大脑，而且对整体身心状态改善，都会产生不可思议的功效。脑的前额联合区受到刺激，会大量分泌脑内吗啡。名为“β－内啡肽”的激素，是脑内吗啡中最有效力的物质。

美国切斯特大学神经生理学教授戴维·菲尔顿推断，脑内涌现β－内啡肽时，NK细胞的活化性格外高涨，免疫力也随之提高，从而抵御疾病，保护身体健康。β－内啡肽还能增强记忆力、修炼忍耐力。

大脑净重约1.4kg，占体重比例很小，但血液和氧气量却占整体水平的15%~20%。大脑只能在氧气充足、血流畅通、脑内吗啡分泌的情况下，才能使脑细胞充分活性化，才能发出指令，让身体进入最佳生命状态。

常人认为增强肌肉必须进行剧烈运动，但剧烈运动会增加活性氧，而活性氧会生成老化物质，损伤遗传因子，是疾病和衰老的最大元凶，需要体内有超氧化酶中和。因此要想锻炼和保持肌肉，应进行平缓的运动去消耗脂肪。

直白的理解是：要运动，但不可乱动。“运”是“动”的前提与基础。如果突击强化恶补，则有乱动之嫌。

大禹治水，在疏不在堵。我的锻炼与耗力、对抗、局部式剧烈运动不同，机器人辅助锻炼，顺随所处扰动环境变化而调整运动，维持身体放松、平衡协调、中正安舒，保障锻炼的正确性和有效性，从而逐步促进周身气血畅通，进行整体调和优化，轻松改善身体素质。

大家学过化学都知道：钻石，光彩夺目、质地坚硬、价格昂贵；石墨，黑不溜秋、质软滑腻、价格低廉；钻石和石墨是“同素异形体”，内部元素是一样的，“形”和“性”却有天壤之别，差别只在于元素间的排列组合不同。

人体也一样，本自具足，但由于后天环境、培养方法的差异，体质好坏出现不同。运用“四两拨千斤”之法，重新优化组合，激发生命体自愈力，身体素质都可以改善。

身体素质能改善，专注力能提高，学习效率能提高，学习能力、学习成绩自然也就提高了，很多原本觉得不可能的事，也能够轻松应付自如。

这些都是显而易见的道理，所以要坚定相信：

炼成学霸，你也可以！

现在开始，深根固柢，下一个学霸就是你！

【拾趣】

高三 发言稿：
《深根固柢，厚积薄发——杭州高新实验学校2019学年初三年级开学典礼发言节选》

欢迎大家跟着我的表演节奏一同体会。

（打拳5分钟）

看了我的表演，大家有什么感受？

刚开始时是不是新鲜、好奇？接着有些困惑、茫然？再接着感觉笨拙、滑稽？再接着感觉拖沓、无聊？心里开始想“有没有搞错？”然后感觉烦躁、失望，甚至感觉上当受骗、义愤填膺？

很抱歉让大家产生许多复杂的情绪……但是，还请大家静下心来想一想，我再继续往下说。

其实刚才表演的时间还不到5分钟，我们的情绪就产生了这么多变化，我们在学习其他新鲜事物时，会不会也是这样？学习效果的差异，或许也正隐藏在这个情绪差异之中。

我在幼儿园升小学时，没被民办小学录取，上了公办彩虹城小学；小学升初中时，又没被民办初中看上，读了我们公办的高新实验；3年前，我体形瘦小体质较弱，顽固性流鼻血近10年，到多家中西医院均未根治，体育几乎是0分，险些与杭二中无缘。可见，我不属于“天赋异禀”，或许先天条件还略差些。

2016年6月14日，学校召开新初三家长会，因为我的体育成绩太差，班主任林微老师特别提醒我爸妈：体育占中考30分，对升学影响很大。我的体质又不宜参加突击强化培训，怎么办？消极等待，还是主动想办法？各位或许难以相信，正是刚才的那段表演给我带来重大转机！

从那时起，我开始跟爸妈学练刚才表演的这种内家太极拳，后来受航天员训练启发，基于航天训练与太极推手原理，在爸妈以及热心创客们帮助下，幸运地研制出一款机器人——通过机器人辅助锻炼。我每天用机器人锻炼，早晚十分钟，半年后，体育中考拿到满分；随后仍然继续每天练习，不仅体质有很大改善，从当初的体育困难生变成羽毛球、排球班队队员，而且正如大家知道的，学习定力、学习效率也有很大提升。

回头来看，这对我有几点启示，供大家参考：

一、要有自信

不被困难吓倒，不被成见误导。当时多数人认为我的体育是不可能及格的，还不如托人开体育免考证明混个21分。如果随大流，人云亦云，放弃了也不奇怪。

别人，包括老师和家长，可以不相信我们，可以放弃我们，但是我们自己不能自暴自弃，要相信自己是有希望的。很多时候，不是没有希望，而是我们草率放弃了希望；不是没有办法，而是我们没有用心寻找；即使真找不到办法，我们还可以自己创造办法。

这一点对于我后来的学习和比赛也非常有帮助。以前不敢到外面参加比赛，觉得在班上、学校里拿个名次已经很不容易，外面哪有我们公办生的机会？是高新实验学校培养我、鼓励我多到外面尝试，我才越来越有信心。可见我们校训中的“站到高处”非常重要！

二、要看长远

我刚才的表演，看起来枯燥乏味，还要每天练习，多浪费时间啊，有什么用呢？爸妈告诫我：不可急于求成，无用之用，方为大用，只练这么几分钟，是没啥用处，如果每天练呢？

我们计算一下，每天练习进步一点点，假设只有1%吧，练习一周是1.01的7次方≈1.072，只进步7.2%，几乎可以忽略；练习一月是1.01的30次方≈1.35，进步了35%，已经能有感觉了；练习一年是1.01的365次方≈37.8。

这又可见我们校训中的“眺望远方”非常重要！学弟学妹在初中还有将近一年时间，无论之前基础怎样，只要从今天开始立即行动，进行自我提升，到中考时可以提升几十倍，每位同学都有机会进入二中！

三、要下笨功

我在表演前说要分享学习秘诀，大家有没有看到秘诀？电影《功夫熊猫》中，阿宝想知道大鹅的鲜汤“秘方”，结果发现秘方只是——不加料，完完全全的清汤面，“要做出特别的东西，你必须相信它很特别”，阿宝看着手中的“神龙秘笈”，才恍然大悟——根本就没有什么秘笈。

我刚才的表演慢吞吞、傻乎乎，正是这么笨的功夫，我已经练了3年多，根据前面的计算公式1.01的（365*3）次方≈5.4万，没有其他秘诀，这就是我的秘诀。所谓的秘诀，就是笨功夫，不以恶小而为之，不以善小而不为，谁都能学会！

四、要有恒心

我说“谁都能学会”，可能很多同学不会相信。但这不是自说自话，是真的谁都能学会。现在已经有很多同学、老师、家长在练这个笨功夫，有几位今天就在现场，多数都因此改善了身心健康，提升了身体素质，有了基础的改善提升，学习成绩也自然会提高。

另一方面，既然这个秘诀，谁都能学会，但为什么也有人没学会呢？关键在于要有恒心，知道归知道，还要看能否做到。我自从开始练这一笨功夫，就从未间断，包括在外集训、大赛期间也未间断——“勤而行之”是秘诀中的秘诀。

深根固柢，厚积薄发。千里之行，始于足下。新的学年，祝老师们心想事成、快乐幸福！祝学弟学妹们学习愉快、中考大捷！

（2019.9.5）

【拾趣】

高一 作文:《〈留侯世家〉有感》

从偶遇桥上老者到最后功成归隐，留侯张良的一生充满了神秘的色彩。

暂且先不提这些神话般的故事，从张良的其他作为上依旧能看出他的能力。

张良是韩国人，祖上在韩国做官。他仅因这点就愿意散尽家财，刺杀秦王，足以看出他对故国的忠心，当然考虑上尚欠周全。虽然张良此时年纪很小，但已经有了过人的胆识和坚持到底的决心。

接下来的故事就是如同韩信一样，因受辱而锻炼了自己的隐忍、坚韧，并得到了《太公兵法》。我想，这样的隐忍是成大业之人必备的。若不是有张良的隐忍，张良也许就会像韩信一般，叛乱被杀，或是被冠以叛乱的罪名而被杀。正是他的隐忍，最终选择了归隐，至少得到了善终。

对于那位老人，我认为并不是那块黄石，我猜想那只是隐居的有才能之士，在乱世中相中并点拨了一个能够有所作为的年轻人，来安定天下。我更看中这位老人，他不仅能够找到张良一般的贤才，还训练了张良的品格，最终安定了天下几百年。我猜这位老者才是真正的世外高人。

对于张良的计谋，《史记》中虽篇幅不多，但短小的篇幅更让人称奇。不仅通过屠户的身份贿赂了秦国守将，还避免了守将的部下反叛。烧掉栈道，献出自己的俸禄以消除项羽对刘邦的怀疑。

联合与项羽不和的彭越、田荣、黥布，最终让刘邦依靠他们一统江山。虽说也许司马迁写此段时有些夸大张良的功劳，但从这些足以看出张良运筹帷幄，决胜千里的能力。

待汉朝成立，刘邦称帝，张良之所以没有在汉初的政治斗争中被杀，可以归结于他处事的智慧，也就是桥上老人所让他学会的隐忍。他谦虚谨慎，不要太多的封地，只要小小的留县。而当时别的功臣，都抢着分封各地的诸侯王。后来面对吕后的强大，张良再次选择了退让，最终在刘氏和吕氏的斗争中也没有受到太大的牵连。

借用《萧相国世家》中刘邦的一段比喻："夫猎，追杀兽兔者狗也，而发踪指示兽处者人也。"张良虽并没有怎么上过战场，但他对汉朝建立的贡献如同发现猎物的猎人一般巨大。

功成名就的张良，最终归隐修身。在我看来，这是正确的选择，不仅保全了自身，也让自己的身心，得到更好的发展。

如果站在今天的角度来看，张良也许有很多可以被挑剔之处，但就当时的时代而言，我想，张良已将自己的能力发挥到了最好。

(2017年8月30日)

见素抱朴，少私寡欲。

——老子

祸兮，福之所倚；福兮，祸之所伏。
孰知其极，其无正也。正复为奇，善复为妖。
人之迷，其日固久。
是以圣人方而不割，廉而不刿，
直而不肆，光而不耀。

——老子

【拾趣】

九年级上 作文:《有悲有喜》

范仲淹曾说过“不以物喜，不以己悲”，大概是要我们无喜也无悲，一切都以平常心看待。但是生在世上，想要无喜无悲，却实在是困难。况且做到无喜无悲也只能拉远自己与其他人的距离吧。

也许我们应该做到的是有悲有喜，与常人一般有正常的情绪，才是正确的吧。

这些情绪像是人身上的调味品，只要剂量合适，它们可以给我们的生活带来许多乐趣。试想，没有了情绪，我们身上还有什么乐趣呢?

我们需要做的，就是控制好这些悲和喜。

我曾经因莫名的事情悲伤过。我想忘掉这些悲，想用欢笑来缓解忧伤。可是当我去感受内心的狂喜时，我反而变得更加扭曲，更加狂躁。而当我真正心平气和，与朋友们交流谈论的时候，悲也就消失了大半，剩余的那些悲伤，也就化为了坚强的力量，给我带来了谨慎。这才是我们所应该控制好的悲。

悲和喜被人所拥有、所控制，就化作了无尽的力量，供人享用。我们身边的一些伟人看似能做到无喜悲，实际上，他们只是控制好了内心的情绪，让他们的情绪化作力量。

当我们有悲时，不妨停下来，平静地再想一想为什么而悲，冷静地处理脑中的悲伤，待把悲理顺，我们也不再会烦躁不安，而是冷静对待一切。

当我们有喜时，也应该平静地思考，在喜之后应该做些什么，待想明白了，就不会为喜而空耗时间，而是在喜之中更快地完成该做的事。

对于这些情绪，我们是应该消极躲避，还是巧妙化解，创造为更强的动力？当我们拥有了情绪的力量，一定能胜过无悲无喜吧。我们一定可以用悲喜创造出一个更加美好的自己。

——摘自作文集《树的思考》2016年10月

其出弥远，其知弥少。

——老子

【拾趣】

九年级寒假作文:《错怪》

很多时候，错怪就在不经意之间发生。

做事再小心也可能被错怪，而再善良的人也可能会错怪了别人。

出去玩。我有些饿了，看到街边的烤羊肉串（这是大餐馆，有营业执照），我心动了，不，是我的肚子动了，拉着妈妈凑了上去。虽然有肚子和我的双重引诱，妈妈仍然把我拉开了。

回家。第二天，拉肚子。

拉肚子倒没有什么，很快就好了。只是我们想起了昨天差点被买来吃掉的羊肉串。若是昨天买了羊肉串，也许拉肚子的一切就会怪罪于它和“黑心商家”了吧。

我有些内疚，怕是无端地责怪了没有错的别人；我有一丝害怕，怕诬陷了好人。我又想到幸好没有买下那根羊肉串，否则就是犯下了更大的罪过。但是以后呢，如果我买了羊肉串，我能保证我不会怪罪于羊肉串吗？大概不能吧。也许更好的方法是远离它们，但这不是变成一种歧视、一种排挤了吗？难道罪过的源头却是因卖羊肉串有风险的原因吗？大概不是吧。

不知为什么，我们会把错误归咎到别的事物上，一般是那些可疑的事物。我们很难证明这样的可疑就是有问题，但仍旧在此之上怀疑。甚至当疑点消除以后，我们还会因曾经的可疑而继续怀疑。羊肉串就是无辜的一例，因曾经被曝光假肉而导致了现在的坏名声，又差点因我拉肚子再一次背上莫须有的罪名。

最好的、从源头上的避免方式，就是尽量保持诚信，减少错误的发生，以后也就不会这么容易遭来怀疑。若是曾经没有羊肉串的丑闻，我们就不太容易怀疑羊肉串了吧。

而作为另一方，如果能在自己身上找原因，而不是怪罪于外物，这样的错怪也就难以发生。

只是这很难做到，因为外界的条件影响，的确会造成很大的干扰，按照日常的经验，不自觉地就会发生错怪。特别当遇到像吃了羊肉串后拉肚子的情况，经验一定会把它们联系起来。

总有一些错怪是难以避免的。

想到这里，我又想起了以前自己的行为，有多少次错怪了别人，又有多少次让自己被错怪。

我想到曾经自己也被毫无原因的冤枉过。一次地板上的一滩水，就让我遭受了妈妈的怀疑，而后来被证实我是无辜的。我知道被错怪的感觉是一种酸痛，说不出也憋不住。

我也曾错怪过别人，当发现自己的错误时，我内心充满悔恨和愧疚。但是所造成的伤害，难以弥补。

对于这些已经发生了的误解，我们需要宽容，双方都应该宽容。少一分怪罪，也就不会有那么多的误解，少一分仇恨，错怪也就只是一句话，而不会影响其他。

我还是想为羊肉串做一下澄清。

（2017年2月）

孰能浊以澄？静之徐清。孰能安以久？动之徐生。

——老子

【拾趣】

九年级上 作文:《满足》

找不到快乐，没法使自己满足，就是虚度。

对于大多数人来说，得不到时即不满足，因为得不到时，我们仍需继续拼搏。得到时也不会满足，因为得到的越多，还没得到的也随之更多。不知足，就是迷失了自我。不满足时，失去了信心就会被失败所打倒，不再有勇气前进；欲望无限膨胀时就会被自己的心魔打倒，变得贪婪自私。而满足，就是需要不卑不亢，不因失败失去信心，也不因胜利而永无休止地追求。珍惜自己的胜利，正视自己的不足，看到自己的优点，满足就不远了。

相信许多时候我们都会碰到这样的抉择：我们已有了许多成就，可以向下再迈出新的一步。这一步一旦成功就能得到极大的回报，但如果失败便会前功尽弃。这时不论是继续前进还是就此为止，都不能算是错的，只是需要满足于自己的选择。向前进却失败，不要后悔，因为你能得到无比宝贵的经验，也收获了一路走来的风景，那点回报并不重要，重要的是能够得到满足。没有继续前进也不要后悔，因为你不会被那一步弄得心神不宁，也可以稳定地得到回报，最后的回报你并不那么缺少，跟内心的满足相比，许多的回报又如何呢？

不完美才是美丽的。事事较真反而让我们的心没法有真正的归宿。不必做得十分完美，因为只要自己的付出让自己能够满足，付出有无回报又有什么关系呢？好好体会自己所拥有的，自己曾得到过的，让自己被快乐填满，结果也不再那么重要了。

满足也并不等于放弃对美好的追求，这份满足只是说要减少贪心。我们所不该或不需得到的，就不该得到。那些过多的追求只会是重担，影响我们的正常前进。只要不曾放弃，付出足够的努力，我们所应当拥有的，都终将会属于我们。这样的回报，就是让我们可以永远回味的快乐。

我喜欢植物，因为植物总是满足自己所有的一切，也永不失去自己的信心。桂花会满足于自己已有的香气，牵牛会满足自己拥有的外形。兼具美丽外形和迷人香味的百合也并不奢求有多么美艳的色彩。野花虽然一无所有，但能够悠闲自在地过着自己的生活，没有一丝不满足。

人也是一样，只要满足于自己，就能让自己的一生有所意义。

满足于自己所拥有的，就可以少许多悲伤。

满足不会抛弃任何人。

——摘自作文集《树的思考》2016年10月

信言不美，美言不信；
善者不辩，辩者不善；
知者不博，博者不知。

——老子

【拾趣】

九年级上 作文:《这才是真正的花》

并不是每一棵草都会开花。

外婆送来的草籽就是这样。既然是观赏的草，要开花何用?

只是我感到奇怪：不开花也就不能结果，那这草籽从何而来，这草如何传宗接代?

我已经等了它一个春天，可它从不开花，只长叶子。这大概就是观赏草最好的状态了吧。不开花，没有外物干扰，只是老实本分，长出尽可能多、尽可能绿的叶子来，给美丽的花陪衬。

只是我不知道这是为花和果的准备。

整个夏天和整个秋天，当其他花朵争着开放时，它毫无变化，仍做一株草。

直到冬天它也没有反应。

一年中最冷的冬至，我去看这棵草，草已因寒冷而不成样子，只是有一根草秆，仍然高举着不曾低下的头。这根草秆上并不光秃，我低下头去仔细观看，原来那是草籽啊。

可是这并不对吧，我记得科学课上曾学过，想要结果，必先有花，而这没花是为什么呢？答案就在草秆上，草籽边那一粒粒已经干枯的东西，不就是干枯的花瓣吗？原来是这花太小，太不起眼，并没有被人发觉。

但是我仍无法理解为什么它的花这么小，小的与没有开花差不多。

大概是为了节约养分吧。常言道：花开得越大，果结得越小。

大概是因此，花要将它仅有的不多的养料，留着给果用。花的作用，不就是为了结果吗？只要能结出生命力强大、数量众多的种子，花小又有什么关系呢？

我再一看那根秆，上面的草籽真不少，密密麻麻聚在一起，粒粒饱满，它们一定拥有顽强的生命，以让下一代草能够更好地生长。而这一切，都归功于花，默默奉献的花，舍己为人的花。

不索取养分，也不抢夺功劳，这才是真正的花。

可以不会开花，只要能够结出真正的果，那就有了真正的花。

——摘自作文集《树的思考》2016年10月

【拾趣】

九年级上 作文:《循环的雨和露》

我们知道，在自然界中，水是在永无止境地循环的，可能天上的一滴雨，是从遥远的森林中来，一切都是这样有序而又不可思议地进行着。

我们身边也有这样的雨和露，也有如此的循环吧。我们所送出的每一滴雨露，终将归于我们，因为我们所付出的一切，终会循环，回到我们这里。

我们只需要一些小小的善举，就可以让这身边的雨露循环起来，最终受益的，不只别人，还有自己。我们今天少伤害身边的花草，几年后我们也许就能得到让我们愉悦的美景。这就是不经意间，把帮助与幸福循环了起来，让世上的美丽与快乐增加。

不需求回报，第一步当是付出自己所能付出的一份力，也许无法带来多大的价值，但给他人的鼓励与支持，一定会有。而这就带来了雨露。

这样一来，我们也拥有了内心的一份美好，受帮助的人也得到了幸福。他也一定会把这样小小的帮助传递下去，让更多人得到雨露。这样雨露就可以循环，最终受益的是整个社会。最开始的付出者——我们——也可以受益。

一次，我在路旁看到一家水果店的几个水果掉在地上，我帮忙去捡，并没有出什么力，但是店老板脸上的笑容让我感到发自心底的幸福，我也记得当时老板的和颜悦色，让顾客们脸上也带上了微笑。雨露就这样开始了循环。

后来我再去水果店时，老板脸上还是带着笑。这样的雨露一定已经滋润了无数的人了吧。我小小的行为，竟然能创造出这样大的价值，让身边的正能量开始传播。

正能量就像水一般，会循环，而且越来越多，能力越来越强，善在人们中间循环，只是需要一个开头。有了最开始的一滴雨露，很快就有了源源不断的循环。

愿雨露的循环永不停息。

——摘自作文集《树的思考》2016年10月

【拾趣】

三年级 作文：我是树

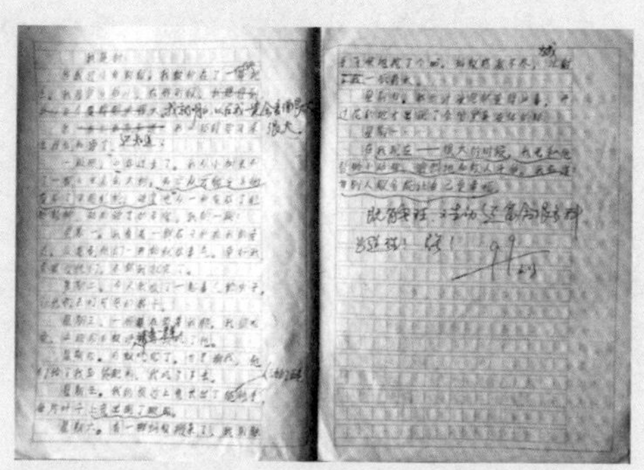

图45　我是树｜三年级下｜2010年6月23日

当我还小的时候，我被种在了一块草地上。我虽很小很小，在那时候，我想得到，我以后会变得很大很大。

我一被播种我就知道：我必须得学习求生技能和语言。

一眨眼，20年过去了。我从小树长到了一棵10米高的大树；知识从微乎其微变成了满腹经纶；也变成了精通植物、动物语言的专家。

我的一周：

星期一。我看着一群茄子种在我的旁边。没想到他们一开始就放毒气。幸好我会吸收它们，不然我就完了。

星期二。今天我放了一些毒气给虫子，让他们去叮可恶的茄子。

星期三。一棵藤在沿着我爬，我很难受，立即用白蚁语言请白蚁吃了他。

星期四。白蚁吃完了，为了谢我，它们给了我50袋肥料，我吃了下去。

星期五。我的根边上竟长出了能动的五条触手，每片叶子上竟出现了眼睛。

星期六。有一群蚂蚁搬来了，我用触手飞快地挖了个窝。蚂蚁感激不尽，注射了我一瓶药水。

星期日。我的汁液忽然变得剧毒，开过花的地方出现了会喷黑臭液体的球。

星期一……

在我现在——很大的时候，我无私地帮助小动物，激烈地和敌人斗争。我知道：为别人服务能让自己更幸福。

既以为人己愈有，既以与人己愈多。

——老子